Pela luz dos olhos seus

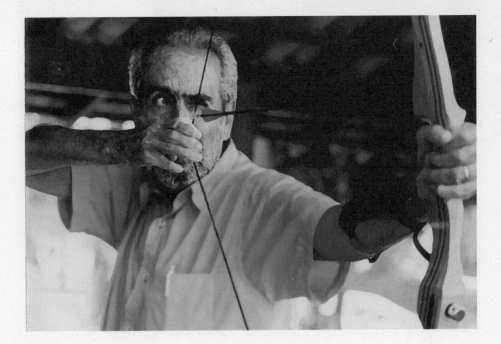

O ARQUEIRO

GERALDO JORDÃO PEREIRA (1938-2008) começou sua carreira aos 17 anos, quando foi trabalhar com seu pai, o célebre editor José Olympio, publicando obras marcantes como *O menino do dedo verde*, de Maurice Druon, e *Minha vida*, de Charles Chaplin.

Em 1976, fundou a Editora Salamandra com o propósito de formar uma nova geração de leitores e acabou criando um dos catálogos infantis mais premiados do Brasil. Em 1992, fugindo de sua linha editorial, lançou *Muitas vidas, muitos mestres*, de Brian Weiss, livro que deu origem à Editora Sextante.

Fã de histórias de suspense, Geraldo descobriu *O Código Da Vinci* antes mesmo de ele ser lançado nos Estados Unidos. A aposta em ficção, que não era o foco da Sextante, foi certeira: o título se transformou em um dos maiores fenômenos editoriais de todos os tempos.

Mas não foi só aos livros que se dedicou. Com seu desejo de ajudar o próximo, Geraldo desenvolveu diversos projetos sociais que se tornaram sua grande paixão.

Com a missão de publicar histórias empolgantes, tornar os livros cada vez mais acessíveis e despertar o amor pela leitura, a Editora Arqueiro é uma homenagem a esta figura extraordinária, capaz de enxergar mais além, mirar nas coisas verdadeiramente importantes e não perder o idealismo e a esperança diante dos desafios e contratempos da vida.

Pela luz dos olhos seus

Janine Boissard

ARQUEIRO

Título original: *Histoire D'Amour*

tradução: André Telles

preparo de originais: Felipe Schuery e Magda Tebet

revisão: Rachel Agavino, Rebeca Bolite e Renata Dib

diagramação: Abreu's System

capa: Raul Fernandes

imagens de capa: casal: Rob Lewine / Tetra Images / Latinstock;
teatro: Latinstock / Nathalie Darbellay / Sygma / Corbis (DC)

impressão e acabamento: Associação Religiosa Imprensa da Fé

CIP-BRASIL. CATALOGAÇÃO NA PUBLICAÇÃO
SINDICATO NACIONAL DOS EDITORES DE LIVROS, RJ

B669p	Boissard, Janine Pela luz dos olhos seus / Janine Boissard [tradução de André Telles]; São Paulo: Arqueiro, 2013. 224 p.; 16 x 23 cm. Tradução de: Histoire d'Amour ISBN 978-85-8041-210-9 1. Ficção francesa. I. Telles, André, 1956-. II. Título.

13-00549	CDD: 813 CDU: 821.111(73)-3

Todos os direitos reservados, no Brasil, por
Editora Arqueiro Ltda.
Rua Funchal, 538 – conjuntos 52 e 54 – Vila Olímpia
04551-060 – São Paulo – SP
Tel.: (11) 3868-4492 – Fax: (11) 3862-5818
E-mail: atendimento@editoraarqueiro.com.br
www.editoraarqueiro.com.br

Agradeço ao Dr. Yves Pouliquen, membro da Academia Francesa, que restituiu a visão, a vida, a tantos pacientes. E que, mediante seus conselhos, me permitiu oferecer um transplante de córnea ao herói deste romance.

Obrigado a Hervé Lamy, artista lírico, amigo e conselheiro musical, sem o qual os arroubos apaixonados de *La Traviata* não teriam iluminado o amor de Claudio e Laura.

Primeira parte

ELA

Guardião, esta noite findará?
Sinfonia nº 2 de Felix Mendelssohn

1

Não iremos mais ao bosque, os loureiros foram ceifados.
A bela que chegou irá colhê-los...

A BELA ERA eu! Tinha 8 anos, cabelos castanhos compridos, cílios grandes sobre olhos verdes – não, "amarelos", zombava Agathe, minha irmã mais velha. Dentes proeminentes, o que seria fácil de consertar com um aparelho, e a pele morena, que me protegia dos raios de sol. Ah! Eu era a cara do meu pai, um tipo mediterrâneo com uma remota ascendência de espanhóis.

Agathe, por sua vez, puxara a mamãe, garota do Norte, loura de olhos azuis, esguia e fina como só ela. Pão branco, pão preto. Não são farinha do mesmo saco, brincavam carinhosamente as pessoas ao nos verem lado a lado. Vale dizer que papai era padeiro.

Vivíamos entre o mar e as macieiras, na Normandia, numa aldeia de setecentos habitantes – número que triplicava na temporada turística, pois ficava pertinho de Deauville. Com as tempestades que às vezes nos roubavam um marinheiro, as ressacas, um ou outro deslizamento de penhasco, os amores do carteiro, os da Sra. Pointeau por incontáveis gatos e cães que um dia a devorariam, nunca nos entediávamos em Villedoye. Todo mundo se conhecia e... A padaria não é, para todo cristão que se preze, a parada obrigatória de todos os dias?

Cresci, invejada pelas colegas, em meio ao aroma quente da massa de pão, das tortas, dos croissants e dos bolinhos, e tão habituada a eles que nem lhes dava mais atenção.

Todas as manhãs, um ônibus levava Agathe e eu ao colégio. Em breve seria o liceu e, se continuássemos os estudos, a universidade, em Caen. Mamãe já nos via professoras primárias, profissão ideal quando a pessoa tem filhos, proporcionando um emprego seguro e, graças aos horários e às férias, o tempo de dedicar-se a seus afazeres como bem lhe aprouver.

Claro, na Normandia chovia muito, mas nós gostávamos disso, pois combinava com a região.

Tenho 13 anos e estamos no verão. Agathe foi à praia com amigos, mas preferi ficar lendo na cama. Na cozinha, mamãe conversa com Jeannette, uma das minhas incontáveis tias. Riem ao falar da minha irmã, que não sabe o que fazer com tantos pretendentes, como os grandalhões que vieram pegá-la em três carros para tomar banho de mar em Deauville.

– E todos queriam levá-la, você viu? Mais um pouco e saíam no tapa. Está aí uma para quem você não terá dificuldade em arranjar casamento – observa minha tia.

– Não somos nós que os arranjamos mais, elas se viram muito bem sozinhas – diz sensatamente minha mãe.

Aguço os ouvidos, pois o assunto me interessa.

– Isso não deixa a pequena chateada? – pergunta Jeannette, baixinho.

A pequena sou eu. As pessoas nos diferenciam assim. O que poderia estar incomodando a pequena?

– Você que pensa – responde a mamãe. – Elas se adoram. E não se esqueça de que Laura é a melhor na escola.

É verdade. Lá sou maravilhosa, e é Agathe que vira a pequena, até mesmo minúscula, no dia em que trazemos os boletins para assinar. A propósito, ela repetiu de ano. Agora estou apenas uma série atrás dela. Eu: "Excelente aluna, séria, talentosa, parabéns!" Ela: "Poderia se sair melhor" em todas as disciplinas, menos educação física, pois ela adora ficar de short para que admirem seu corpo. Agathe e estudo não combinam. Ela prefere sonhar, enrolando no dedo um de seus compridos cachos louros. E no dia do boletim, eu é que tenho de consolá-la.

– Tem razão – concorda Jeannette. – Pelo menos a pequena brilha. De certa maneira, é uma compensação. E depois, eu não disse que Laura era feia. Não é de se jogar fora. É que quando a gente compara...

O barulho da cadeira sendo empurrada com brusquidão indica tempestade no ar. Mamãe retruca, furiosa:

– Mas por que vocês ficam comparando? Por acaso comparam o lírio com a flor silvestre? Pois saiba que eu acho ótimo ter duas filhas tão diferentes.

Comparar. Até aquele momento eu não pensara muito nisso. Aos 13 anos, todo mundo lhe dirá a mesma coisa, é a idade da transformação, quando a mocinha apenas se insinua e ainda não podemos prever o resultado final. O importante, nessa fase, é ter um bom ambiente em casa, uma irmã com quem conspirar e amigas. Eu tinha tudo isso; na verdade, tinha até mais amigas do que Agathe, que era metida e não sabia guardar segredos.

Quando ela voltou da praia e tomou sua chuveirada, espalhando areia para todo lado, com a porta aberta para ser admirada, fiquei comparando.

Agathe: 1,68 metro, magra, mas cheinha onde era preciso. Pele branca, olhos azuis, cabelos sempre mais louros graças aos xampus de camomila. Trigo suave, trigo de primavera.

A pequena: 1,53 metro; mas nada estava perdido, afinal as meninas crescem até a primeira menstruação, podendo inclusive ganhar 2 centímetros depois. Olhos verdes salpicados de amarelo, bronzeado tórrido ao primeiro beijo do sol. "Dá vontade de apertar", resumia papai, mergulhando nas minhas bochechas. Farinha de centeio, pão preto.

A bela era Agathe.

Mas o que é mesmo a beleza? De onde vinha a diferença? Nas palavras da família, eu tinha olhos magníficos, meu nariz era retilíneo, e meus dentes, impecáveis depois do aparelho. Quanto aos cabelos, eram dez vezes mais volumosos que a palha dourada de Agathe.

– Sua irmã chama atenção! – exclamara um dia um colega.

Pois bem, eu não chamava. Era por isso que, em Deauville, quando passeávamos pelo deque, ainda que eu fosse a mais bronzeada e fizesse o possível para me fazer notar, os garotos se viravam para ela e assobiavam. Era por essa razão que eles queriam levá-la a todos os lugares – à boate, ao cinema, ao boliche, ao baile – usando o carro dos pais para desfilar em sua companhia.

E, finalmente, talvez fosse também um pouco por esse motivo que eu preferia ficar lendo na cama em vez de assistir aos seus truques para fazê-los pagar as bebidas para ela, enquanto as minhas eu tinha que pagar do meu próprio bolso.

Não havia motivo algum para fazer um escarcéu. Aliás, a tia Jeannette dissera que eu não era de se jogar fora, e até ficava um pouco melhor quando me esforçava para sorrir diante do espelho e meus olhos "amarelos" cintilavam. E, em Villedoye, havia uns verdadeiros dragões: Babet com sua bunda caída, a pobre Joséphine-lábio-leporino e Irene, cujos olhos nenhum médico conseguira colocar no lugar.

Entre na dança, veja como se dança.
Pule, dance, beije quem você quiser.

No que se referia ao "quem você quiser", era mais fácil na canção do que na prática.

Sem dúvida foi por causa da comparação entre o lírio e a flor silvestre que resolvi chamar atenção à minha maneira.

Não fiz o curso normal, consegui um diploma de inglês e, graças à minha preferência pela leitura, me formei em letras com louvor. Em seguida, deixei o mar e fui me instalar em Paris, onde trabalho com música e danço com os grandes.

2

CHEGUEI DE ressaca à Agência hoje de manhã, pois ontem fui comemorar meus 26 anos com alguns amigos numa boate. Apagar às três da manhã no meio da semana não tem nada de mais quando a data é importante, e, em todo caso, ganhara 4 centímetros depois dos meus 13 anos... Não podia deixar de comemorar isso!

A Agência era como chamávamos carinhosamente nossos 200 metros quadrados de escritório nas proximidades dos Champs-Élysées, onde nossa equipe de assessores de imprensa trabalhava muito para promover cantores talentosos e promissores. Nossos clientes eram gravadoras de discos sobrecarregadas e também músicos independentes, que deduzem que a fama demora demais a estender as asas sobre suas cabeças. Para ajudá-los, assediávamos os jornais, os rádios e as emissoras de TV. Organizávamos entrevistas e coletivas, planejávamos viagens e às vezes os acompanhávamos. Amava esse trabalho, que me fazia esquecer da hora e me permitia conviver com essas pessoas curiosas que chamamos de artistas, muitas vezes caricatas, porém quase nunca desinteressantes, dispostas a morrer para serem reconhecidas.

Além do mais, sempre gostei de música, tanto a denominada "clássica" quanto a "pop", do violoncelo ao acordeão. Ela transforma a dor em poesia e, às vezes, o infortúnio em ópera. Impossível viver sem ela. Vocês imaginam um mundo sem passarinhos?

No dia seguinte ao meu aniversário, estava ao telefone, um pouco cansada apesar do *espresso* duplo que bebera, perturbando um jornalista, quando alguém bateu no vidro da minha sala e avisou que o chefe estava me chamando.

Henri Desjoyaux, fundador da Agência, que tem apenas 35 anos, é um bonitão com dentes grandes. Faz questão de que o chamemos pelo nome e trabalhemos todos juntos, uns colaborando com os outros.

Havia um homenzinho com ele: na casa dos 50, terno com colete, cabelos cheios e grisalhos e um olhar fulminante por trás das grossas lentes dos óculos.

– Laura, apresento-lhe um grande amigo meu: David May.

Com sua mão pequena e cabeluda, ele triturou meus dedos.

– Pode me chamar de David, já que, pelo visto, você vai nos salvar! – declarou o homenzinho com voz áspera.

Voltei minha atenção para Henri, que me esclareceu:

– David é o agente de Claudio Roman.

Claudio Roman é um tenor tão célebre na França quanto no exterior. É tão disputado que não é preciso bajular a mídia para promovê-lo. Segundo os boatos, é também um sedutor e um grande crápula. Se não me engano, não está longe dos 40 anos. Além disso, é cego.

– Temos um grande problema, Laura – explicou-me o agente. – Claudio está em Auxerre, onde deve abrir hoje à noite o festival de música, dando um recital na prefeitura. Sua assessora de imprensa e guia, Corinne Massé, acabou de avisar que não poderá ir. Ele precisa de alguém com urgência. Henri pensou em você.

Em mim? Para Claudio Roman? Fiquei pasma. Mas ele poderia ter quem ele quisesse, quando quisesse. Deviam sair no tapa para cuidar dele. Por que eu?

– Segundo Henri, você é exatamente o tipo de pessoa de que ele precisa – prosseguiu David. – Discreta, eficiente e... disponível.

Ri.

– Não é difícil encontrar essas qualidades por aí. E está esquecendo um detalhe: não conheço nada de música clássica.

– Mas gosta, certo? Não é o essencial? E não terá que se ocupar da imprensa, está tudo feito.

O homenzinho suspirou.

– Para falar a verdade, depois da partida de Corinne Massé, Claudio resolveu que ficaria sozinho, o que, considerando seu estado, seria uma temeridade. Ele só aceitou ter uma substituta se eu a escolher.

– Mas nunca cuidei de cegos!

– Ele se vira muito bem no dia a dia. Você deve fazê-lo cumprir os horários, acompanhá-lo esta noite ao concerto em que cantará Lieder de Mozart, assistir ao jantar que se seguirá, para a eventualidade de ele precisar de algo, e levá-lo até o quarto no fim das festividades.

– Niná-lo também?

Nem bem pronunciei estas palavras, me arrependi. Foi uma brincadeira de mau gosto. É que tudo isso me pareceu uma farsa, e como se defender de uma farsa senão rindo?

– Isso não será necessário – respondeu o agente, seco. – Mas amanhã terá de tomar o trem com ele para Paris, no início da tarde. Claudio quer passar a manhã em Auxerre. Você ficará à disposição dele.

– E, naturalmente, não precisa voltar à Agência – interveio Henri. – Pode ter um belo fim de semana.

– E meu trabalho?

– Élodie se encarregará dele.

Eu e outra assessora de imprensa – há apenas mulheres na Agência – dividíamos Élodie, uma assistente jovem, bonita e entusiasmada, que tinha sobre mim a vantagem de conhecer e gostar de rap e techno.

– Então... podemos contar com você? – perguntou David May, com certa aflição.

Ao concordar, senti uma forte angústia, como se fosse uma advertência do céu. Na Normandia, olha-se o tempo todo para o céu e sempre se adivinha quando a tempestade está próxima.

Antes que eu pudesse responder, David já se instalara, fizera uma lista de nomes e números, anotara os de seus dois celulares e preparara meu cronograma. Meu trem partia às quatro horas da Gare de Lyon, um pouco menos de duas horas de viagem. Tenho tempo de sobra para passar em casa, almoçar e fazer a mala. Pegaria um táxi até a estação e o incluiria na minha prestação de contas, assim como qualquer outra despesa que tivesse em Auxerre.

Henri foi embora. Quando o agente tirou do bolso minha passagem de trem, tive vontade de rir outra vez. E se eu tivesse recusado? Na verdade, qualquer outra, aqui mesmo, se oferecia prazerosamente para cuidar do mestre. Outra mais experiente.

Por que eu?

Ele me fitou mais uma vez, observando minhas roupas – calça comprida, suéter e mocassins – e disse:

– Se me permite, Laura... Leve uma roupa mais elegante para o concerto. *High society*, sabe como é. E, desculpe a pergunta, já usou salto alto?

3

HAVIA CARTAZES anunciando a Fête de la Musique espalhados por toda a estação de Auxerre. Uma mulher de uns 30 anos me aguardava na saída, agitando uma plaquinha com meu nome e o de Claudio Roman. Fui até ela.

– Sou Laura Vincent.

– Sou a Sra. Morin – apresentou-se a mulher com um sorriso que me pareceu aliviado. – Bem-vinda a Auxerre.

Ela fez questão de pegar minha bagagem, como se a função de guia do grande tenor me elevasse a um patamar superior. Caprichos da primeira classe, pensei e segurei o riso. O minuto de angústia tinha passado. No fim das contas eu estava me divertindo com a situação. E não tinha sido por aventuras desse tipo que eu escolhera a profissão de assessora de imprensa, em vez de professora primária?

A Sra. Morin abriu a porta do carro.

– Desculpe se não estiver muito limpo. São meus filhos.

O meu é uma verdadeira lixeira e só eu ando nele. Não ligo para esses detalhes.

– O hotel fica pertinho. Você vai ter tempo para descansar. Conhece a cidade?

Eu não conhecia Auxerre e, a propósito, vira muito pouco de meu país. Meus pais nunca saíam de sua Normandia querida, e, quando consegui algum dinheiro, preferi viajar para o exterior.

Com as asas abertas sobre os tetos coloridos, a catedral me impressionou. Aqui e ali, outros campanários despontavam entre as manchas ruças das árvores.

"Veja como é em nossa terra: campanários por toda parte", falava meu pai com orgulho.

Com vista para o Yonne, o hotel certamente era um dos mais chiques da área. Observei no saguão um cartaz igual aos que eu vira na estação e outro, do mesmo tamanho, anunciando o recital de Claudio Roman na prefeitura; exatamente naquela noite, quinta-feira, 6 de outubro, às oito e meia. Eis a razão de minha presença aqui.

A Sra. Morin me conduziu até o comprido balcão atrás do qual várias pessoas pareciam atarefadas.

– Esta é a Srta. Vincent, substituta da Srta. Massé – apresentou-me.

Um homem adiantou-se, um pouco aflito.

– Estávamos à sua espera, senhorita. Fez boa viagem? O Sr. Roman chegou ainda há pouco do ensaio na prefeitura. Pediu que levassem uma limonada com gelo para ele às sete horas. Caso não se incomode, ela será entregue no seu quarto, que se comunica com o dele. O Sr. Roman não quer que lhe passem nenhuma ligação. Devemos informar à senhorita das eventuais mensagens ou prefere que mantenhamos a lista aqui?

– Fiquem com a lista. Mais tarde verei isso com ele.

– Como preferir.

O homem também estava visivelmente aliviado com a minha chegada. O cantor era tão terrível assim?

Entregou uma chave a um rapaz, que se encarregou imediatamente de minha bagagem, que nunca recebera tantas honrarias. A Sra. Morin me estendeu a mão.

– Não serei eu que virei buscá-la daqui a pouco – avisou, lamentando. – O senhor prefeito e a Sra. Picot, a promotora do concerto, irão aguardá-la no saguão às oito horas. Certamente nos encontraremos no jantar.

Um volumoso buquê de rosas me esperava no quarto, tão amplo que englobaria três escritórios iguais ao que eu ocupava na Agência e todo o meu conjugado, perto da Sacré-Coeur, em Paris. Papéis de parede, quadros, apliques dourados, cortinas duplas, móveis de estilo, tapete de camurça: um quarto majestoso, no qual o televisor destoava.

Tanto luxo me oprimiu. Fui abrir uma das duas janelas altas para voltar à realidade. Davam para um pátio com muros de pedra cobertos por uma parreira grená. A noite se anunciava, acariciada por uma brisa quente que cheirava a outono. Era minha estação preferida, a do aconchego, quando fechamos as janelas mais cedo e a leitura é feita sob a luminária.

Agathe, por sua vez, só gostava do sol, da luz viva, do corpo nu na praia. Ela me ligara na véspera, para me desejar feliz aniversário. No fim, a "bela" também não virou professorinha; casara-se com um advogado de Deauville e cuidava dos dois filhos.

Meus pais também haviam me telefonado. "Quando vem nos visitar?", perguntara mamãe, como sempre. A profissão que eu escolhera ao mesmo tempo os impressionava e preocupava: era uma "boa" carreira?

Voltei ao quarto e parei diante da porta que o ligava ao de Claudio Roman. Apurei os ouvidos: nenhum barulho. Seis e meia. O que deveria fazer? Apresentar-me imediatamente?

"Ele não quer que lhe passem nenhuma ligação."

Decidi esperar a limonada.

Tirei meu traje elegante da mala e o estendi sobre a cama: saia preta, blusa de seda branca, bolero azul-royal. Meu 1,57 metro me proibia extravagâncias, no entanto eu era magra. "Mas quem me deu esse palito de fósforo?", desolava-se papai, que não podia mais se divertir apertando minhas bochechas.

O banheiro estava à altura do quarto: mármore cor-de-rosa e torneiras douradas. Num cestinho perto das pias gêmeas, havia uma infinidade de cosméticos de cortesia: óleos para banho e corpo, sabonetes, xampus, touca, lixas para as unhas. Atrás da caixa de lenços de papel, uma lixa havia sido esquecida. Por Corinne Massé? Ontem, ela acompanhara o cantor em seus compromissos, então ocupara aquele quarto, utilizara aquele banheiro até hoje de manhã.

"Ela simplesmente largou o serviço", dissera David May, sem outra explicação.

O que a fizera abandonar o tenor justamente no dia do concerto? E por que, na recepção do hotel, estavam tão visivelmente aliviados ao me ver chegar?

Joguei a lixa no cesto de papel, lavei as mãos e escovei os cabelos, na altura dos ombros. No espelho, a garota "que não era de se jogar fora" me sorriu e seu rosto se iluminou. Ainda bem que minha noitada não

fizera grandes estragos! E, de toda forma, eu não precisava me preocupar com isso: Claudio Roman não verá esse rosto. É pela minha voz
rouca que irá me reconhecer.

Uma campainha melodiosa tilintou na minha porta e o mesmo rapaz
que subira com minha bagagem entrou no quarto, colocando uma
bandeja com um copo de limonada e um balde de gelo sobre a mesa.
Assinei o recibo.

– Boa sorte – sussurrou antes de sair.

Sete horas! Agora eu tinha que ir.

Peguei a bandeja e bati na porta de comunicação, mas não obtive
resposta. E se ele estivesse dormindo? Eu devia entrar e acordá-lo,
correndo o risco de ser espinafrada? "Ele resolveu não contratar uma
substituta", dissera David. Uma coisa era certa: eu não seria bem-vinda.

Girei a maçaneta.

O cômodo estava mergulhado na penumbra, nenhuma luz acesa.
Pelas duas amplas janelas abertas, subia um cheiro de pedra e folhas
de parreira. Ouvia-se ao longe o ronco surdo do movimento da rua.
Avancei alguns passos.

Claudio Roman estava deitado na cama, imóvel. Eu não via nada
além de sua forma num robe de chambre de veludo escuro. Seu ante-
braço cobria o rosto, como se o protegesse.

Em um cabide próximo à cama estava a roupa que ele usaria naquela
noite e havia uma camisa branca dobrada sobre uma cadeira.

"Ele se vira muito bem no dia a dia", afirmara David.

Atrapalhada com a bandeja, eu me aproximei um pouco mais,
temendo assustá-lo.

– Então você é a Laura? – perguntou ele.

Parei, prendendo a respiração. Aquela voz?

– Pode acender a luz, se quiser.

Voltei, deixei a bandeja na mesa e fui até o interruptor, ao lado da
porta. O lustre com penduricalhos, os apliques, as luminárias nas mesi-
nhas de cabeceira, tudo se iluminou.

Meu coração disparou.

Claudio Roman revelara seu rosto. Apoiado num cotovelo, me observava. Não, eu não podia acreditar que não me via!

Com seus volumosos cabelos castanhos, sua barba estilizada, seus lábios cheios e seus olhos escuros, pousados em mim, ele era bonito. Bonito, selvagem e ferido.

– Muito bem, o que está esperando? – perguntou, em tom irônico. – Aproxime-se!

Estendeu a mão. De repente, tive vontade de recuar, fugir, me esconder longe dali. Nunca deveria ter aceitado aquela tarefa: eu era pequena demais, frágil demais para estar à altura.

Fui até a cama.

– Não tem nada a me dizer?

– Sim, senhor. São sete horas, trouxe sua limonada. Estarão nos esperando no saguão às oito.

Minha voz estava um verdadeiro desastre, rouca, trêmula. Ele deu um leve sorriso.

– Agradeço-lhe por ter vindo cuidar de um pobre cego. Parece que você tem 25 anos. Espero não ter atrapalhado seus planos para a noite.

– Minha noite foi ontem, quando comemorei meus 26 anos.

Ele sorriu mais uma vez e deu uma batidinha na beirada da cama, bem maior que a do meu quarto.

– Venha cá. Sente-se – ordenou.

Sentei-me no lugar que ele indicava. Em seus olhos, distinguia-se a cor da pupila e eu me sentia uma intrusa por observá-lo.

Ele estendeu a mão na direção dos meus cabelos, acariciou-os brevemente, calculou o comprimento.

– Cor?

– Castanhos.

– Claro ou escuro?

– Médio.

Seus dedos desceram sobre meu rosto, passeando por ele. Prendi a respiração. Era como se ele se apoderasse de mim, anulasse minha vontade própria. Eu não podia fazer nada. Ele roçou meus lábios, meu nariz. Fechei os olhos. Seus dedos pararam ali.

– Seus olhos?

– Verdes.

A mão me largou. Ele se debruçou sobre mim e sentiu meu cheiro.

– Nunca usa perfume, Laura?

– Raramente.

– Seu namorado não gosta?

Não respondi.

Seu robe de chambre se entreabriu na altura do peito nu, semeado de pelos escuros, e um cheiro quente emanou. Desviei o olhar.

– Sabe que um dos Lieder que vou cantar esta noite tem seu nome? *Abendempfindung an Laura...* Sensibilidade noturna para Laura. O que acha?

– Não sei dizer. Nunca ouvi.

Aquela voz desarmada, quase queixosa, era de fato a minha? Em geral, rio quando me deixam constrangida. Uma forma de defesa adquirida há muito tempo. Eu não estava me reconhecendo. Tudo o que vivera até aquele momento, o que aprendera a ser, estava destruído.

E como rir diante daquela força e daquela beleza, daquela dor, de algo que parecia prestes a explodir em meu coração?

Um gigante aprisionado.

– Você não falou em limonada? – perguntou ele. – Deixe-a na mesinha de cabeceira, por favor. E volte para me buscar às oito. Estarei pronto. É perigoso fazer as feras esperarem.

4

CENTENAS DE pessoas espremiam-se no grande salão da prefeitura. Homens de terno escuro, mulheres de vestido ou tailleur. Havia algumas estolas de pele. O conselho de David May não era infundado.

E, sim. De vez em quando eu usava salto.

Nas cadeiras douradas com almofadas de veludo vermelho, todos encontraram um libreto com a tradução dos Lieder que Claudio Roman interpretaria em alemão. Eu estava sentada na primeira fila, na lateral, perto do palco.

Ele entrou discretamente guiado pela pianista. Usava terno, camisa e gravata-borboleta brancos; sem óculos, o rosto livre. O público levantara-se para aplaudi-lo com o que me pareceu um misto de gravidade e fervor, e senti de novo essa espécie de fragmentação, a impressão de estar fora de mim.

Num longo preto iluminado apenas por um colar de pérolas, Claire Lelong, sua acompanhante habitual ao piano, era uma bela morena. Como ele, chegara na véspera, para que ensaiassem.

Claudio Roman mantinha-se agora junto ao instrumento, diante dos olhares que ele não podia ver.

Um gigante aprisionado, eu pensara.

Alto, ombros largos, peito estufado, efetivamente passava uma impressão de força, e em seu rosto, voltado para o público, lia-se um desafio. "Não os vejo, mas vocês vão ver só."

Um desafio lançado às feras?

O silêncio se instalara, o recital começou.

Eu não ousara confessar a David May que não conhecia a voz do grande tenor. Descobrindo-a naquela noite, ao mesmo tempo escura e colorida, sombra e luz, disse a mim mesma que não havia instrumento mais perfeito, mais emocionante que duas cordas vocais em contato direto com a alma.

Ó solidão, com que doçura
sabes me responder.

Ele cantou a serenidade.

Ao longo do meu caminho, seria com os olhos em lágrimas
que eu veria os horizontes distantes.

Cantou a ferida.

Enxerguei com clareza dentro de mim.

Essa brusca mudança em minha vida, essa impressão de me perder, essa vertigem... E também, em seu quarto, aquela fraqueza enquanto ele explorava meu rosto... Sua voz, ora terna e ardente, ora dolorida e revoltada, me fez compreender tudo aquilo.

Eu ia amar aquele homem. Já o amava.

Podem rir.

Um amor de fã pelo ídolo. A obscura provinciana e o homem realizado, bonito, rico, que tinha todas as mulheres a seus pés. Melhor: o homem ferido! E eis que a inocente garotinha encontra o caminho de seu coração...

Puro romance ao estilo de M. Delly!

E eu era especialista nessa matéria, pois minha mãe colecionava seus livros nas estantes da sala de jantar. Eu tinha devorado todos eles antes de passar a algo mais sério.

Não! Aquilo não combinava com Delly. Falta o elemento essencial ao conto de fadas, pois a heroína não era bonita. Mas também "não era de se jogar fora". E tampouco era virgem. O que não significava que tenha dormido com todo mundo. Conhecera alguns homens e fora o suficiente para desconfiar do amor fulminante que se extingue em lágrimas e às vezes em guerra. O bastante para saber que amor raramente dura "para sempre" e para escolher viver sem um "namorado" oficial, preferindo a tormenta da solidão à dor de mais uma decepção.

E mesmo assim... Observando aquele homem, de quem na véspera eu só conhecia a fama e com quem não fui capaz de articular três palavras, fui tomada por uma certeza: era *ele*.

Ele era o homem para mim; e eu estava ciente de que jamais seria a mulher para ele. E não me importava.

Então como seria isso? Eu o adoraria em silêncio como a um Deus? Mas ele era um modelo, um ideal? Não faltam modelos desse tipo: mulherengo, indelicado, mau-caráter.

Sem dúvida apaixonei-me por uma voz e seu dono. Uma voz ao mesmo tempo leve e forte, vaga brisa sobre os rochedos ou furor da tempestade. A voz de um homem que exprimia como nenhum outro a beleza do mundo, sua crueldade e nossa solidão.

Ele cantou *Laura*.

Com teu olhar cheio de calor
debruça sobre mim e olha-me com doçura.

O jantar que se seguiu ao concerto foi servido no local. Claudio presidia a mesa de honra entre duas beldades – pão branco, pão preto – que davam em cima dele. Comia com gestos lentos, irregulares, o que me deu pena. Os figurões que o cercavam babavam à sua frente. Ele ria alto e bebia muito.

"Não pode perdê-lo de vista e tem que ser discreta", recomendara-me David May.

A mesa em que me haviam instalado ficava próxima e éramos muitos a não tirar os olhos dele.

– Costuma acompanhar o mestre em suas viagens? – perguntou-me uma vizinha de mesa, uma mulher na casa dos 50, muito bem vestida e penteada para a ocasião e que parecia saber de cor o repertório do tenor.

– É a primeira vez – respondi. – Na verdade, estou substituindo sua assessora de imprensa oficial.

– Ah, entendi.

Ela não se preocupou em esconder a decepção; eu não era íntima do "mestre", portanto não lhe revelaria nada de que ela pudesse se vangloriar com as amigas no dia seguinte.

As mãos de Claudio haviam entrado nos meus cabelos.

"Cor?"

Seus dedos haviam roçado minha boca, meu nariz, meus olhos.

Passava de uma hora quando o acompanhei ao seu quarto. A bandeja com a limonada fora retirada. Na cama feita, perto dos travesseiros, um pijama estava desdobrado. Haviam fechado as cortinas.

Pendurei seu casaco no armário. Ele parecia cansado, exaurido. No carro que nos trouxera de volta, não pronunciara uma única palavra.

Ele ergueu o rosto, inspirando profundamente.

– Poderia abrir as cortinas, Laura? Uma das janelas também. – Ele tocou o pescoço. – Só um pouquinho.

O pátio estava tenuemente iluminado e, quando entreabri a janela, todos os aromas da noite entraram no quarto.

– Precisa de mais alguma coisa, senhor?

Sua mão tateou o ar à minha procura. Aproximei-me. Ele segurou meu ombro.

– O que achou de *Laura*? O que minha voz lhe contou esta noite?

Minha resposta saiu à minha revelia:

– Ela me ensinou a ver melhor as cores da vida.

5

– E ENTÃO?
      Era o que todos me perguntavam na segunda-feira de manhã, quando voltei à Agência. Todas as garotas me cercaram. Eu me senti o máximo.

E então, como era Claudio Roman? Tão bonito, rude, talentoso e imprevisível como diziam? Como eram seus olhos? Alguém que não o conhecesse, que não soubesse, poderia notar que era cego?

E como ele se comportou com você, Laura? Amável? Sedutor? Ou simplesmente frio e indiferente?

Deixei escapar apenas o Lied de Mozart com meu nome. Isso não seria uma traição, e elas ficaram encantadas; *tão romântico*!

Reli o Lied e nele encontrei estes versos:

> *Cai o pano.*
> *Para nós, a peça terminou.*

A peça terminara para Claudio e para mim? Ao menos sua voz me restaria. E algumas palavras pronunciadas e destinadas exclusivamente à "Laurinha".

O próprio Henri Desjoyaux, ao chegar, deu uma passada em minha sala.

– David me contou que tudo correu bem. Parabéns, Laura. Não duvidei um só instante.

Sorriu maliciosamente.

– Vocês dois... Está parecendo que deram uma fugidinha, não?

Na manhã de sábado, Claudio pedira que eu o acompanhasse à cidade. O tempo estava bom, ensolarado, nosso trem só partiria às 15h15.

No saguão do hotel, várias pessoas vieram colocar-se à disposição do cantor, que as afastara com um gesto.

– Laura está aqui para me guiar.

Sugeriram-lhe almoçar num bom restaurante da cidade: à hora que ele escolhesse, mesa isolada, serviço rápido e apenas alguns admiradores escolhidos a dedo.

– Já tenho um compromisso, obrigado.

O tom era categórico e as pessoas não ousaram insistir, mas sua decepção era visível. Minha vontade era pedir desculpas por Claudio. Apesar de tudo, ele aceitou que um carro viesse nos pegar no hotel para levar à estação.

– Pronto, estamos livres – disse ele com satisfação, quando nos vimos do lado de fora.

E compreendi que uma de minhas funções era ser a desculpa que ajudava a estrela a manter a corte distante.

Como fazia sol, ele tirou os óculos escuros do bolso e ajustou-os no nariz. Usava uma calça de veludo, um suéter e uma jaqueta; parecia mais jovem.

– Suponho que nunca guiou "deficientes visuais", como se diz – falou ele, com a mesma voz áspera com que se definira na véspera como "pobre cego". – Basta desbravar as florestas, desviar os rios e aniquilar os assassinos.

Tocou meu braço, ele, 1,85 metro, eu, 1,57 metro. Eu me sentia como uma criança a quem confiaram uma tarefa além de seu alcance. Claro, tive de lhe confessar que não conhecia a cidade.

– Então eu a mostrarei a você.

Quando criança, ele viera várias vezes a Auxerre com os pais, que tinham bons amigos ali. Ele me mostrou sua casa, ao pé do velho relógio, depois a fonte, com a estátua do meirinho de roupa vermelha e verde, e a estátua, por sua vez mais modesta, da poetisa Marie Noël.

– A caneta era seu instrumento.

Em seguida, percorremos ruas estreitas, quase becos, entre muros que escondiam casas com jardins perfumados.

Na verdade, ele procurava os cheiros. Ele caminhava, o nariz para cima, as narinas frementes, e eu nunca sabia se ele respirava ou suspirava, se o passeio o deixava feliz ou triste.

– Conte-me o que vê, Laurinha.

Eu escolhia o que havia de mais expressivo: aquela mulher estendendo um pano sobre o gramado – mamãe me dizia que a relva deixava o branco mais branco –, aquele grupo de crianças de bicicleta, com uma menor que penava para acompanhá-los, um casal de turistas – japoneses, claro – tirando fotos um do outro. E o pano, a bicicleta, a câmera fotográfica, eu os via pela primeira vez porque Claudio Roman não podia vê-los.

Ao meio-dia, como boa assessora de imprensa, lembrei-lhe de seu compromisso para o almoço. Ele poderia me indicar o lugar do encontro a fim de que eu o acompanhasse até lá?

– Em vez disso, leve-me a uma padaria – respondeu ele, com um sorriso.

Havia uma fila na padaria. As pessoas o reconheceram e se afastaram para nos deixar passar. Ele escolheu pãezinhos ao leite, com passas e chocolate.

– Gosta, Laurinha?

Aproveitei para lhe dizer que era filha de padeiro e exigente nesse quesito. Ele riu.

– Pão e música: os dois alimentos indispensáveis à vida.

Os fregueses aplaudiram.

Ele também me pediu que comprasse uma cerveja para ele. Escolhi um suco para mim.

– Perto do hotel há um parque. Vamos até lá.

Chamava-se Parque da Árvore Seca. Não éramos os únicos a usar o local para um piquenique. Escolhi um banco num recanto que me pareceu menos frequentado que os demais. Sentia-se o cheiro da folhagem, da terra, dos ralos. Claudio Roman aguçava os ouvidos para o canto dos passarinhos, tentando identificá-los.

– Cada pio tem sua cor, cada voz também. A sua é mel silvestre.

O lírio e a flor silvestre?

Um incidente aconteceu quando terminamos o lanche. Com os olhos fechados, Claudio estendia o rosto para o sol. Havia tirado os óculos e eu não podia deixar de olhar para ele, com uma sensação de temor, como se ele fosse abrir os olhos e criticar minha indiscrição.

O estilo de sua barba caía-lhe muito bem – embora eu não costume gostar de barba. Seus lábios eram cheios e levemente rosados. Suas sobrancelhas eram finas e bem desenhadas. E, em seu peito, aquela voz: toda a felicidade e todo o sofrimento do mundo. Claro, todas as mulheres deviam se apaixonar por ele.

Um transeunte surgiu na aleia. Parou por alguns segundos, então veio na direção de Claudio e perguntou com cara e voz de poucos amigos:

– Sr. Roman, é o senhor, não é?

O cantor assustou-se. Pôs-se de pé, num pulo. Dominava o intruso a certa distância.

– Suma daqui, cavalheiro. Dê o fora.

O homem obedeceu, mas ainda se virou diversas vezes. Eu sentia vergonha. Claudio permanecera de pé.

– Isso é uma violação – rosnou. – Pura e simples violação. Por que permitiu que ele se aproximasse?

Eu não tinha visto ninguém chegar.

Será que, além de guia, eu devia ser também a muralha? "Aniquilar os assassinos."

– Vamos para o hotel.

Um passeio que não terminou bem.

Corinne Massé ligou para a Agência no fim da manhã. Quando se apresentou, precisei de alguns segundos para entender quem ela era. David May então lhe contara quem a substituíra?

– Então, como foram as coisas? – indagou.

A pergunta ríspida me surpreendeu.

– Acho que bem.

– Ele falou de mim? Reclamou?

– Não.

Ela se calou e compreendi que minha resposta a magoara. Mas eu tinha dito a verdade: Claudio não mencionara seu nome uma vez sequer.

Lembrei-me da lixa esquecida no banheiro do hotel onde eu assumira seu lugar.

– Aguentei dois anos, dia e noite – prosseguiu ela, com uma voz na qual se percebiam lágrimas e raiva.

"Ela simplesmente largou o serviço."

– Sabe – falei –, eu só estava lá para substituí-la. Ele precisava de alguém. Tenho certeza de que voltará a trabalhar para ele.

– Deus me livre! – gritou ela. – Nem por todo o ouro do mundo, nunca mais. A senhorita verá: é um monstro.

6

DAVID MAY telefonou para a Agência na manhã de quarta. Dessa vez, Claudio Roman tinha um concerto na ópera de Nice, sábado à noite.

Vários encontros com a imprensa o obrigariam a ficar na cidade durante três dias. Eu aceitaria viajar para lá com ele? Henri concordava.

– Desculpe pegá-la novamente de surpresa, Laura. Sem dúvida tem outros compromissos, mas ele solicitou você.

Saindo da rotina, eu deveria acompanhar, na tarde de sexta, um jovem cantor num importante programa de rádio por ocasião do lançamento de seu primeiro CD. Ter uma bela voz não é garantia de saber falar para o público. Eu lhe prometera uma ajudinha. Sábado à noite, sairia com amigos: cinema seguido de jantar.

Claudio me requisitara.

– Caso concorde, terá de pegar o avião sexta-feira às 9h15 em Orly. O retorno está programado para domingo à tarde.

Uma viagem desse tipo, muito visada pela imprensa, é preparada com grande antecedência. Os lugares no avião possivelmente estavam reservados nos nomes de Claudio Roman e Corinne Massé.

– Poderíamos nos encontrar, David? A sós, se possível.

Eu não ia aturar um chefe dispondo de mim sem me consultar.

– Quer almoçar comigo? – sugeriu o agente. – Passo para pegá-la à uma da tarde. A propósito, tenho um presente para você.

O presente era uma coleção de CDs de Claudio, mais um DVD da Sinfonia nº 2 de Mendelssohn, da qual ele seria um dos principais intérpretes em Nice. Eu não conhecia muito de Mendelssohn.

Levar artistas aos restaurantes faz parte do meu trabalho como assessora de imprensa. Tenho uma lista de bistrôs franceses e estrangeiros, onde bebo algo de acordo com o gosto do meu convidado. São os cantores iniciantes que ficam sob minha responsabilidade. Os que dão certo são assumidos por assessores mais... experientes e passam a ser convidados para lugares mais seletos. Quanto às estrelas, era Mathilde que se ocupava delas.

Mathilde, 45 anos, é a mais experiente da equipe. Uma mulher bonita, firme e decidida, que às vezes temos vontade de chamar de "mamãe". Você poderia lhe dar Luciano Pavarotti para cuidar, ela responderia "perfeito", faria o que fosse necessário, iria até o fim do mundo e, terminada sua missão, o mestre lhe beijaria as mãos com gratidão.

Entrando acompanhada por David May pela dupla porta envidraçada de um restaurante chique nos Champs-Élysées, eu estava com meus sapatinhos baixos, de jeans e camiseta, sem falar na pesada bolsa que eu levava no ombro com todos os meus tesouros. Ao me vestir pela manhã, não previra o convite.

David, por sua vez, estava impecavelmente vestido, como em nosso primeiro encontro. Meu único consolo era ele não ser mais alto que eu.

– Reservamos sua mesa, Sr. May.

Precisamos atravessar todo o salão para chegar a uma mesa redonda diante de um canteiro de flores. Ao longe, via-se um mar de automóveis e a sensação era de estar numa ilha.

– Deseja tomar um aperitivo?

Preferimos pedir imediatamente o vinho branco, que acompanharia nossos pratos de frutos do mar. Como boa normanda, nunca me cansarei da sensação de maresia, de marés altas e baixas, de rochedos crepitantes provocada por uma degustação de mariscos, camarões, lagostins, siris ou iscas de peixe. Não faço questão de ostras. Agathe me repetiu mil vezes que elas piscavam os olhos se esguichássemos limão em cima delas. E de piscadelas a bela entende bem.

Servido o vinho branco, David ergueu sua taça.

– Ao seu sucesso, Laura.

Mais uma vez seu olhar me impressionou. Tornava sedutor aquele homem realmente feio. Um olhar que tinha visto muita coisa e podia compreender tudo. Henri me falara dele como de um agente conhecido e temido. E eis que era ele o pedinte e eu que barganhava minha resposta.

– O que aconteceu entre Claudio Roman e Corinne Massé? – ataquei.

Ele franziu o cenho. Era educado abordar os assuntos delicados antes mesmo de começar a refeição? Mas eu só poderia desfrutar daqueles pratos se a situação ficasse esclarecida. Desde segunda-feira, a voz dolorosa da assessora de imprensa me assombrava: "A senhorita verá: é um monstro."

– E, por favor, David, sem conversa fiada – acrescentei.

Então ele abriu uma espécie de sorriso. Afinal, um agente costuma ser mestre nisso.

– Muito bem, então vamos lá – decidiu. – Apesar de meus avisos, Corinne Massé cometeu o erro de sucumbir aos encantos de Claudio. Ele é muito cativante. Indo direto ao ponto, Laura: seduzir as mulheres, o máximo de mulheres possível, é o método que o nosso tenor usa para desestressar.

– Corinne é bonita?

A pergunta me escapara, estúpida, inapropriada. Que Corinne Massé fosse ou não bonita, o que isso mudaria, uma vez que Claudio não podia vê-la?

Ele tocara seus cabelos? Passeara com o dedo em seu rosto, respirara seu perfume? Ela usava perfume?

– Muito bonita, culta e musicista – respondeu David May, impassível. – Por todas essas razões achei que ela seria perfeita. Enganei-me. Ela imaginou coisas. Foi Claudio quem a dispensou no último sábado após uma noite... agitada.

– E foi por isso que vocês me escolheram: porque sou o oposto!

Eu finalmente tinha a resposta para a minha lancinante interrogação: por que eu? Nem muito bonita, nem culta, nem especialista em música clássica. Nenhum risco de eu imaginar coisas.

David riu.

– Digamos que pedi a Henri que encontrasse alguém mais modesta. Se quiser saber o que penso, Claudio não precisa de uma nova conquista, mas de uma espécie de irmã... Uma irmã mais nova que se mostrou muito eficiente em Auxerre – acrescentou.

Foi a minha vez de rir.

– Você deveria dizer para ele que sou feia! Isso resolveria de vez o problema.

Ele balançou a cabeça.

– Em hipótese alguma. Claudio perceberia a mentira. Você tem muito charme, Laura. E ele certamente notou isso. Desde o acidente, desenvolveu um sexto sentido que lhe permite ler muitas coisas na voz. E às vezes nas palavras.

Um garçom, acompanhado pelo maître, colocou a travessa de frutos do mar no centro da mesa. O cheiro das algas me levou de volta à minha casa. Tornei a ser criança, caminhei à beira d'água, ouvindo o riso das gaivotas.

Nós nos servimos de torradinha e limão.

– Você se referiu a um acidente, David. Como Claudio perdeu a visão?

O agente levava uma ostra à boca e se deteve no meio do gesto.

– Você não sabe? É verdade que o assunto é tabu. Nenhum jornalista ousaria abordá-lo. Se eu lhe revelar o que aconteceu, terá de me prometer não contar para Claudio.

– Prometo jamais dizer a ele que foi você que contou.

– Você é fogo!

David mostrou-se novamente surpreso.

– Teimosa, ainda por cima! Quem vê não diz.

– É justamente porque ninguém diz que me tornei assim. Mas prefiro "obstinada".

E era graças a essa qualidade – ou a esse defeito – que eu me encontrava hoje naquele restaurante metido a besta, à custa de um de nossos cantores mais célebres, em meio a pessoas que, certas ou erradas, julgavam-se "o máximo". Uma história de lírio e flor silvestre... Mas isso demoraria muito para explicar.

– Claudio perdeu a visão há três anos após ter sido agredido por dois bandidos que pretendiam roubar seu carro. Teve os olhos queimados por um produto químico lançado à queima-roupa. Num primeiro momento, parou de cantar, mas consegui convencê-lo a voltar. Com um repertório mais limitado, naturalmente.

"Isso é uma violação", gritara o cantor no parque, quando o desconhecido o surpreendera. "Pura e simples violação."

– Mas não tem solução? – perguntei.

– Um olho, o esquerdo, está totalmente perdido. No caso do outro, um transplante de córnea seria possível, mas ele não quer ouvir falar nisso.

– Por quê?

– Com o olho direito, ele consegue distinguir o dia da noite. Diz que vê silhuetas, sombras. Tem medo de que até isso lhe seja tirado.

Sombras, silhuetas. Meu coração se apertou ao me lembrar de quando ele me pediu que abrisse uma das janelas.

– E, claro, recusou a bengala; assim como estava fora de questão aprender braile ou usar um cão-guia – continuou o agente. – É por isso que ele precisa de alguém. Se aceitar ser a irmã mais nova, verá que sou um pouco o pai.

Ficamos em silêncio. Ao se referir ao acidente, sua voz soava angustiada. David gostava sinceramente de Claudio.

– Ele perdeu os pais?

– São separados. O pai é advogado, especialista em direito internacional. Viaja muito. A mãe mora em Bordeaux, aparece de tempos em tempos. Tenho a impressão de que ele não faz muita questão de estar com ela.

– Ele nunca se casou, certo?

– Nem mulher, nem filhos.

– Mas então quem cuida dele? Além de você, claro!

– Sua "babá", como ele a chama. Uma senhora que mora em Neuilly, pertinho da casa dele. Ela vai lá quando ele precisa.

– Então ele mora sozinho! – constatei.

– Com milhões de admiradores, todas as mulheres que ele deseja, telefonemas de toda parte, um volume de correspondência equivalente ao de um ministro... A que ele, aliás, não dá a mínima. Uma secretária se encarrega de responder.

Sozinho! Era de fato o que eu pensava.

Terminamos nossos frutos do mar e prosseguimos com salmonetes ao molho de ervas. A calma do lugar era incomparável. Silêncio e espaço, o grande luxo dos dias de hoje. Nenhuma voz encobrindo a outra. Eu me sentia à vontade. Aprendera tardiamente a usar talheres de peixe, a enxaguar os dedos na bacia, a escolher as taças. David levava a sofisticação até os mínimos gestos. Não parava de limpar os lábios. Não me admiraria se viesse de um meio modesto. Tenho um sexto sentido para detectar aqueles que cresceram diante de uma toalha de plástico em vez de uma toalha de linho.

Ele me falou do programa de Claudio em Nice. A maioria dos jornalistas o encontraria em nosso hotel. Teríamos que nos deslocar apenas para as emissoras de TV e para a passagem de som.

Claudio conhecia a ópera de Nice, já havia cantado lá antes do acidente que o cegara.

– Mas ainda não sei qual é a sua resposta – observou David, com um sorriso confiante.

– Aceito ser a irmã mais nova.

7

A HEROÍNA DE Delly e guia do príncipe acabava de deixar seu palácio em Nice, saudada com subserviência por um homem de uniforme, respeitoso e solícito.

– Boa noite, senhorita.

Ela caminhava agora na famosa Promenade des Anglais, o comprido canteiro de flores semeado por palmeiras. O ar exalava um cheiro de sonho, de conto de fadas, e até o mar estava cor-de-rosa sob os raios do sol poente.

Mamãe teria adorado.

Eu descobrira a Côte d'Azur aos 17 anos, após passar no vestibular, quando fui acampar perto de Cannes com amigos. O que mais me impressionara fora a proximidade do mar.

Em algum lugar, os sinos de uma igreja repicaram: seis horas. O ensaio de Claudio ia terminar em breve. Hélène Reigner, uma das sopranos que interpretariam com ele a sinfonia de Mendelssohn naquela noite, se encarregaria de conduzi-lo ao nosso hotel, onde ela também estava hospedada. Ele me apresentara a ela rapidamente. Em torno dos 30 anos, alta, loura, espetacular. No programa, pude ler que recebera inúmeros prêmios e que eles cantavam juntos com frequência.

Desde a nossa chegada, no fim da manhã de sexta-feira, fui arrastada por um turbilhão. Os jornalistas haviam se sucedido ininterruptamente na pequena sala do hotel reservada para Claudio. Precisei coordenar as entrevistas, oferecer bebidas aos impacientes e o retrato do cantor aos que não vieram acompanhados por fotógrafos.

Tinha roubado um desses retratos para mim.

38

As perguntas dos jornalistas não variavam: a obra da qual Claudio participaria no sábado, seus cuidados com a voz, a duração de seus exercícios e seus planos.

Ele respondia com paciência, às vezes com bom humor. Até o momento em que um deles lamentou não ouvi-lo interpretar árias de ópera como fazia a maioria dos grandes tenores. Seu rosto congelou.

– E por que não num estádio? Com microfone? A ópera terminou para mim, não sabia?

Então saiu batendo a porta.

Eu precisava comentar aquilo com David.

Desci até a praia. Algumas pessoas ainda passeavam, vestindo agasalhos, pois o frio chegava. Rosa o mar, ocre com lilás as colinas, verde-azul os pinheiros-mansos... Em matéria de paleta, nós, normandos, éramos bastante escuros. Mas nossas praias eram de areia, não de seixos como essa.

A vasta sala circular estava lotada. Nos camarotes vermelhos e dourados, como gabinetes particulares, as pessoas instalavam-se, mostravam-se, lançavam sinais de reconhecimento, todos muito elegantes.

Meu lugar era na terceira fileira da plateia, bem próximo ao palco.

No teto, um lustre imenso – seiscentas lâmpadas, parecia – iluminava um afresco representando o amanhecer: lua, estrelas, deuses e deusas cercavam o carro do sol puxado por quatro cavalos brancos com olhos esbugalhados.

O sol e a noite, as trevas e a luz, ainda ignorava que este era o tema principal da sinfonia *Canto de louvor*, que nos preparávamos para ouvir. Como em Auxerre, tinha o libreto com as letras nas mãos, mas só dera uma espiada, impressionada demais pelo cenário fulgurante que me cerca.

Era minha primeira vez "de verdade" numa ópera. Até aquele momento só tinha assistido na telinha. *Carmen, La Traviata, Così fan tutte* eram algumas das minhas preferidas. E o esplendor ao mesmo tempo me deslumbrava e sufocava. Eu me senti sozinha. Grandes momentos como esse tinham que ser compartilhados.

Em suma, eu era um peixe fora d'água.

Como se percebesse meu embaraço, meu vizinho, um velho senhor de cabelos brancos, muito elegante, condecoração na lapela, me sorriu de modo amável. Tolamente, eu gostaria de lhe contar que sou a guia.

A orquestra se instalara. O coro, homens e mulheres vestidos de preto e branco, fez sua entrada sob aplausos, que redobraram quando Claudio e as duas sopranos apareceram. O rosto de Claudio se projetava para a plateia, grave e belo. Meu coração disparou. Há pouco mais de duas horas, meu caro vizinho, eu tinha esse homem só para mim. Surgiu então o maestro.

As luzes se apagaram.

Era como uma ventania que nascia, crescia, se espalhava, em ondas ora suaves, ora violentas. Não conheço o nome de todos os instrumentos que compõem uma orquestra, mas cada um tem sua voz e cada voz sua cor, as quais se misturam ou se opõem, flamejam ou murmuram numa prece comum, numa súplica comum.

Tampouco conheço os termos eruditos para escrever o que sentia: essa beleza que machuca, essa emoção que liberta. No dia seguinte, leria nos jornais. Naquele momento caminhava à beira-mar, atravessava jardins luminosos, vales floridos, perdia-me nas florestas, vislumbrava cumes vertiginosos.

Aquelas vozes me diziam o que eu sempre soube intimamente: estamos sozinhos num mundo de grande beleza e infinita dor.

Então, de repente, os coros explodiram. A voz humana juntando-se à dos instrumentos. Um grito se erguia:

Que tudo o que respira louve o Senhor.

Claudio e as sopranos estavam no proscênio.
Hélène Reigner cantava sozinha:

Louva o Senhor, minh'alma.

Fechei os olhos para escutar melhor. A que comparar aquela voz senão ao canto do rouxinol? Que cor lhe dar a não ser a de uma fonte iluminada pelo sol? Banal? Clichê? Claro, mas paciência, é assim!

Um coro de mulheres lhe respondia, acompanhando-a, agradecendo ao Senhor, louvando suas dádivas.

Empertigado, queixo altivo, Claudio esperava; e eu esperava Claudio. Quando sua voz se ergueu, cheia de lágrimas contidas, foi como se um véu escuro se estendesse sobre o palco e a alegria estancasse:

Eu errava na noite e nas trevas profundas,
cercado por inimigos que me perseguiam.

Meu coração parara de bater. Era um grito de aflição que ele lançava, expressão de seu próprio sofrimento.

Os coros lhe responderam, as sopranos juntaram suas vozes para reconfortá-lo, restituir-lhe as esperanças.

Esperei no Senhor e Ele se debruçou sobre mim.

Em seguida, Claudio retornou. Mais uma vez o véu escuro.

Nós vos imploramos nas trevas.
Guardião, esta noite findará?

A mão do espectador ao lado roçou no meu braço.

– Tudo bem, senhorita?

Não consegui conter um soluço, que beleza! Ora, o cavalheiro ouvia a música sublime, já eu escutava o desespero do homem que amava e isso me fazia sofrer.

– Tudo bem, obrigada.

"Não se preocupe", mamãe dizia quando eu chorava durante uma história ou um filme. "Tudo terminará bem, você vai ver."

Mais tarde, a voz de Hélène Reigner entrelaçou-se à da outra soprano, para celebrar a luz reencontrada.

A noite se dissipou.
O dia nasceu!

Num imenso grito de alegria, a orquestra e os coros juntaram-se a elas. Agora restavam apenas louvores e gratidão ao Senhor.

O semblante de Claudio era o de um encarcerado. Eu me sentia como ele. Apesar do que minha mãe dizia, nenhum Deus, nenhum Senhor jamais lhe devolveria a luz que lhe haviam roubado.

A plateia pôs-se de pé para aplaudir. A ovação durou um longo tempo. O suficiente para que eu pudesse me recompor. Quando o lustre de seiscentas lâmpadas voltou a iluminar o ambiente, a heroína estava pronta para voltar dignamente à sua profissão de guia.

Nenhum jantar oficial estava programado. O que Claudio gostaria de fazer? Eu não tinha ideia. Fui em direção aos camarins. Eu havia anotado o número ao levá-lo para o ensaio, à tarde; era vizinho ao de Hélène Reigner.

Uma pequena multidão alegre espremia-se nos corredores. Ouviam-se risos, felicitações, sentia-se uma espécie de libertação. O camarim de Claudio estava cheio. Da janela, via-se o mar. Reconheci o maestro, um japonês. As duas sopranos também estavam lá. Uma garrafa de champanhe circulava.

Tive dificuldade para me esgueirar até ele. Quando Hélène Reigner me viu, sorriu educadamente.

– O que deseja?

Claudio estendeu a mão.

– É você, Laura?

Deslizei meu ombro sob aquela mão. Silêncio à nossa volta. Todos me olhavam, esperando minha resposta.

– Eu queria saber o que deseja fazer agora.

Minha voz estava mais rouca do que nunca e ouvi algumas risadas.

– O que desejo fazer? Me divertir, é claro! – respondeu Claudio. – A noite é uma criança, como vê. E estou em boa companhia.

"A noite é uma criança..." Seria eu a única a fazer a associação entre essas palavras e as que ele acabava de cantar tão dolorosamente? Outras risadas banais. Envergonhada, senti meus olhos se encherem de lágrimas. Mas que bicho do mato você é, Laura! Uma caipira na ópera...

Sua mão deixou meu ombro e ele ergueu sua taça.

– A Nice, a nós e à festa – enumerou, antes de esvaziá-la de um trago.

– Não se preocupe com ele – insinuou-me Hélène Reigner. – Eu estou aqui. A senhorita está dispensada.

8

E<small>M</small> V<small>ILLEDOYE</small>, depois das nove da noite, todo mundo já costumava estar em casa. Único sinal de vida, a luz azulada dos televisores piscava aqui e ali atrás das cortinas.

Eram mais de onze horas e toda Nice parecia ainda estar nas ruas.

Longe da Promenade des Anglais e do perfume das flores, reinavam cheiros de fritura, temperos, pimentão e alho que percorriam as ruas estreitas, entrecortadas por escadarias da cidade velha. Havia restaurantes em toda parte, música e roupa nos varais sob as janelas.

Não, eu não estava em casa, mas pelo menos ali ninguém ria às minhas custas.

"O que deseja?"

Claudio não impedira. Não me defendera. Mas o que haveria para defender? Quem me atacara? Apenas tinham me dispensado.

"Eu estou aqui. A senhorita está dispensada."

Hélène Reigner era amante de Claudio?

Ele a conhecera antes de perder a visão e pudera apreciar sua beleza. Ela tinha uma voz admirável e ambos faziam parte do mesmo mundo, viajando juntos com frequência. Óbvio que era sua amante! E ficar com ciúmes teria sido completamente ridículo. O ciúme faz parte do pacote de um amor secreto e sem esperança?

A heroína de Delly retornou ao seu palácio com a barriga vazia e o coração pesado.

– O Sr. Roman não está com a senhorita? – admirou-se o recepcionista, me entregando a chave.

– Ele está com amigos. Voltará mais tarde.

A cama fora feita. Sobre o lençol, minha camisola de malha estava cuidadosamente esticada, o que me arrancou um sorriso. Sobre o travesseiro havia uma latinha dourada contendo dois chocolates em forma de coração acompanhada de um cartão do hotel: "Boa noite." Ora, a festa continuava.

Ao chegar, na véspera, eu encontrara no quarto uma cesta de frutas. Escolhi uma pera, que degustei com os chocolates. Existe uma sobremesa assim, chamada "Pera à Belle Hélène". Muito adequado.

Como previsto, minha porta de comunicação com o quarto de Claudio não estava fechada à chave. Fui até lá fazer uma vistoria. Seu pijama estava estendido sobre a roupa de cama e ele também tinha sua lata de chocolates, mas não poderia ler o "Boa noite".

"Poderia abrir as cortinas, Laura?"

Abri-as e deixei uma janela entreaberta como ele pedira em Auxerre. Aqui cheirava a mar e era como se eu o ouvisse.

Eu estava prestes a ir para a cama, depois de um banho, quando ele voltou. Não estava sozinho. Reconheci a voz de Hélène, que tinha dificuldade para abrir a porta.

– Essas novas chaves-cartão são o fim da picada – protestou ela.

E Claudio riu. Um riso um pouco estranho, me pareceu. Eles entraram, enfim.

– Oh, chocolates! – exclamou ela.

Acomodei-me em meu leito real. Apaguei a luz e tapei os ouvidos. O melhor seria paredes de concreto. Não, eu não estava com ciúmes, mas tinha, sim, o direito de me sentir infeliz.

Quanto tempo se passou? Finalmente dormi. Despertei sobressaltada com um barulho. A porta de comunicação estava escancarada. Claudio estava na soleira, iluminado pela luz de seu quarto.

– Está dormindo, Laura?

Com o coração disparado, acendi a luminária da cabeceira: 3h15. Deslizei para fora da cama e fui até ele.

– Eu estou aqui.

As palavras de Hélène.

Claudio estendeu a mão à procura do meu ombro. Eu o ofereci a ele. Vestia um robe de chambre sobre o pijama.

Seu rosto era uma catástrofe.

– Acordei você, Laurinha?

– Admito que sim.

– Desculpe. Ora, você está tremendo? Está com frio? Volte já para a cama.

Obedeci rapidamente, pois minha camiseta mal cobria minha barriga. Sim, estava tremendo. De emoção. Puxei o lençol.

Ele me seguiu e se sentou na beirada da cama.

– Mandei-a para o quarto dela – declarou. – Por ela, ficaria a noite inteira, mas não, obrigado!

Deu uma risadinha machista. Bancava o conquistador, mas parecia um homem perdido, um náufrago gritando por ajuda.

– Ela trepa bem, isso é o essencial.

Não pude conter um sobressalto.

– Não gosto dessa palavra.

– Não gosta de trepar?

– Prefiro fazer amor.

Ele se calou por um instante. Subi um pouco mais o lençol.

– E teve muitos amantes?

– Sem dúvida namorei menos que você.

Ele riu novamente.

– Essa não, escutem só! Amor... namorar... Vejamos, Laurinha, você, que tem olhos, não sabe ler? Não vai ao cinema? Não assiste à TV? Amor é caretice! Hoje é o sexo que importa. As mulheres não têm mais medo de seu corpo, elas o reivindicam, exibem, abrem para quem quiser.

– Não é isso que as deixa mais felizes.

– Felicidade, agora! Eis que ela mistura tudo: sexo, amor, felicidade. O que está esperando para falar de alma?

– Você falava disso ainda há pouco, quando cantava.

Ele não respondeu; apenas suspirou. Depois sua mão procurou meu ombro, apalpando o tecido de minha camiseta.

A mão desceu um pouco mais. Com o coração novamente a mil, afastei-me. Se ele fazia esse tipo de visita à atraente Corinne Massé, não me espantava ela ter dado o fora. Ele desistiu.

– Então, já que acredita no amor, Laura, me conte como fazer.

Olhei para aquele homem, ouvi sua voz, seu lamento. A gente não escolhe. Rumina simplesmente: "É ele" e todos os clichês despencam na sua cabeça.

– É curioso. Ao mesmo tempo que ele nos deixa sem fôlego, temos a impressão de nunca termos respirado tão bem. Queima feito brasa e tudo que pedimos é que continue a queimar. Temos a impressão de que antes apenas fingíamos viver. Somos injustos até mesmo conosco.

– Você fala como nas canções – observou ele.

– Como nos Lieder de Mozart?

Voltou a se calar. Seu semblante estava mais calmo. Parecia que a dor opressiva se fora. Ele respirava profundamente.

– Estou contente que esteja aqui. Após os concertos, é sempre um pouco difícil. Sobretudo depois dessa maldita sinfonia.

A noite passou. O dia nasceu...

– Foi do seu agrado, pelo menos? Gostou?

– Fiquei muito comovida. Se quiser saber, cheguei a derramar uma lagrimazinha.

– Laurinha... lagrimazinha...

Ele então se debruçou sobre mim e beijou meu rosto, pertinho dos lábios. Fiquei sem ar. Ele tão perto, tão viril, tão lindo e infeliz. Claudio mexia comigo.

Bem, queria muito ser a irmã, mas me sentia igualmente a mãe que gostaria de tomá-lo nos braços para protegê-lo, embalar sua dor. A propósito o que sua mãe tem a ver com isso? De qualquer forma, não podia ser tudo ao mesmo tempo. E não esqueçamos que eu estava toda arrepiada por causa de um simples beijo roubado.

Quando ele se afastou para levantar o mostrador do relógio que nunca deixava seu pulso, respirei aliviada e lamentei. Ele procurou os ponteiros, os algarismos em relevo.

– Quase quatro horas! – exclamou. – Pobre Laura, que está morrendo de sono. Desculpe por seu pai padeiro, mas não deve estar incluído em sua receita de bolo cuidar de um velho egoísta como eu.

– Quanto a isso, não resta dúvida! – falei com convicção.

Ele riu, dessa vez francamente. Era a minha vitória.

– Não se mexa – ordenou ele, levantando-se. – Chegarei lá sozinho.

Com as mãos estendidas, guiado pela luz que vinha de seu quarto, ele avançou em passos miúdos em direção à porta. Ao chegar lá, parou e voltou-se para mim.

– Mas quanto ao amor, você está enganada, mocinha: trepar é o que importa.

Nocaute, Delly!

9

Fazia DOIS meses que eu já era assessora de imprensa oficial de Claudio Roman. Trabalhava exclusivamente para ele, auxiliada por Monique, uma assistente escolhida por David. Eu mantivera minha sala na Agência.

Quando Claudio me pediu que o chamasse pelo nome, achei que nunca iria conseguir. Depois, aconteceu naturalmente, pois em segredo eu já o chamava assim. Aliás, dentro de mim, nunca o tratei por "senhor".

Pela biografia entregue aos jornalistas, eu soube que ele começara bem jovem, estudando piano. Descobrira o canto quando tinha 10 anos, participando do coral da escola, onde o professor de música notara sua voz. Paralelamente aos estudos, fizera o conservatório de Bordeaux, sua cidade natal, e em seguida entrara na Escola Lírica de Paris. Seu encontro com David May havia sido determinante. Optara por dedicar-se integralmente ao canto.

Amar o homem é enternecer-se com o menino que ele foi. Eu imaginava Claudio fazendo conscienciosamente seus exercícios de vocalização, depois cantando com os colegas, cheio de ardor e confiança.

Com os olhos bem abertos e ainda acreditando no amor.

Agora eu conhecia todas as publicações e todos os programas versados em música clássica. O mais difícil não era mobilizar a imprensa, mas fazer a triagem entre os inúmeros jornalistas interessados em encontrá-lo. David cuidava pessoalmente de suas viagens. Estávamos em contato permanente.

Quando chegava em um novo quarto de hotel, Claudio precisava se familiarizar com o espaço. Etapa por etapa, com as mãos à frente, o olfato alerta, fazia devagar a vistoria do cômodo, localizando os móveis, passagens e eventuais obstáculos. Meu coração sempre ficava pequenininho ao vê-lo fazer isso.

Eu me esforçava para descrever-lhe determinados objetos: um abajur, um quadro. "Tudo que eu não toquei não existe", ele me dissera um dia.

Quanto à comida, eu tinha de dizer o que estava em seu prato. O cheiro e a consistência nem sempre eram suficientes. Nos grandes restaurantes, que servem pratos mais elaborados, ele ficava completamente perdido.

Mais jovem, eu fizera a experiência com amigos: distinguir, de olhos vendados, um vinho tinto de um branco. Alguns de nós não conseguiram acertar.

Às vezes ele me convidava para tomar café da manhã. Fazia isso tarde e sempre em seu quarto. Eu me abstinha de confessar que já o tomara. Ajudava-o a se servir da profusão de alimentos que estavam na bandeja, ao mesmo tempo que o deixava se virar sozinho o máximo possível. Às vezes, ele se irritava por não conseguir e me empurrava.

Aos poucos eu aprendia a ter paciência. Tornava-se parte do amor.

"Por que eu?", perguntara-me quando David fora me buscar.

"Por que ela?", perguntavam-se minhas colegas na Agência.

Por que Laura, assessora da estrela, frequentando sempre os melhores estabelecimentos, viajando, hospedando-se nos melhores hotéis?

Às vezes a própria Mathilde parecia enciumada. Eu evitara falar no meu salário, pago por David, que dobrara. Mas, como dissera Corinne Massé, em muitas ocasiões trabalhava-se dia e noite.

Claudio morava em Neuilly num palacete com jardim. Eu ia lá com regularidade. Era como estar no campo. Ouvíamos os passarinhos. Um piano de cauda ocupava boa parte do salão. Ele o usava para exercitar a voz todas as manhãs.

– A voz, como o fôlego, precisa despertar. Não se pode apressá-la. Imagine se eu a perco, o que me restaria?

Eu conhecera Maria, sua "babá" portuguesa. Após ter me olhado com desconfiança, ela parecia ter compreendido que eu não tinha a intenção de bancar a dona da casa. Corinne Massé atrevera-se a isso?

Nem uma única vez Claudio fizera alusão a ela, e eu ruminava: "Um dia, acontecerá o mesmo com você. Ele perceberá que você não está à altura, contratará outra e logo a esquecerá."

Será que essa outra aceitaria as visitas noturnas do cantor por ocasião de suas viagens, na hora em que, prisioneiro de um lugar desconhecido, a angústia o fustigasse?

"Acordei você, Laurinha?"

Ela concordaria em, às vezes caindo de sono, ser objeto de perguntas pouco agradáveis, até mesmo agressivas e ficar ao seu lado até que a calma substituísse a dor em seu rosto?

– Você é bonita? – ele me perguntara um dia, ou melhor, uma noite, quando viera ao meu quarto. – Sabe o que Hélène fala de você?

Meu coração se apertou. Minha coluna estava ereta.

– Ela disse que você é insignificante... O que acha disso?

Eu achava que, naquela noite, Claudio estava perverso, devendo, portanto, estar particularmente infeliz. Também achava Hélène uma bela de uma vaca.

– Alguns veem em mim uma atração irresistível – falei, brincando.

– Quer saber como eu a vejo?

Se eu tivesse recusado, ele teria respondido de qualquer jeito, então preferi ficar em silêncio.

Essa noite estávamos sentados lado a lado num sofá. Eu não recebia mais as visitas do príncipe na minha cama e evitava a camiseta muito curta. Usava um pijama.

– Você é uma bonequinha: menos de 1,60 metro. É seu ombro que me diz isso, sob minha mão. Pequena, mas com um corpo bonito...

Aquela mão tentara percorrer a bonequinha. Não era a primeira vez. Eu a repelia, rindo, e ele não insistia. Talvez se lembrasse de uma certa Corinne Massé, a quem permitira alimentar ilusões.

Sua mão subira para os meus cabelos. Eu gostava; inclusive fechava os olhos quando ele os acariciava.

– Cabelos cheios, uma boquinha atrevida, um olhar feroz. Vejo você como um pardal dos campos.

– Prefiro isso a uma gralha ou uma coruja – respondi.

Ele rira. Fazer Claudio rir, sobretudo à noite, era para mim a melhor recompensa.

E nem todo mundo nasce rouxinol!

– Como você faz para me aguentar? – ele se admirara em outra ocasião, quando o desespero deixara-o mais desagradável do que de costume. – Não pense que ignoro o que falam de mim: egoísta, indiferente, grosseiro. É por compaixão?

– De jeito nenhum! É puro interesse: sou bem paga, adoro viagens de luxo. Sem falar nos concertos de graça.

Ele rira de novo. Antes de voltar a ficar sério, quase suplicante:

– Peça-me qualquer coisa, Laurinha. Você nunca pede nada. Quer uma joia, um vestido, um carro para substituir seu calhambeque? Peça e terá, é uma promessa.

– Cuidado, está correndo um grande risco. Imagine se eu pedir a lua.

– Eu daria um jeito de trazê-la para você.

Vou me lembrar disso.

No dia 20 de dezembro, levei Claudio para fazer algumas compras de Natal. Seu motorista, Jean-Pierre, nos deixou numa perfumaria perto dos Champs-Élysées: uma butique de conto de fadas.

Ele era um *habitué*. Um enxame de recepcionistas, todas lindas, o conduziu até a gerente, uma bela mulher de uns 50 anos. Apertaram-se as mãos. Enquanto ele escolhia, permaneci discretamente à parte.

Para Hélène Reigner, optou por um grande vidro de perfume, cujo nome falou sem hesitar. Para sua mãe, que viria passar o Natal com ele, uma caixa de sabonetes de almíscar. E, finalmente, para David, cuja vaidade o divertia, uma água-de-colônia.

– Embrulhos para presente, Sr. Roman?

A mão de Claudio procurou meu ombro.

– Espere! Ainda não cuidamos do mais importante: esta jovem.

Todos os olhares voltaram-se para mim, que, até aquele momento, passara despercebida. Senti que corava. A gerente sorriu para mim.

– Qual o perfume que costuma usar, senhorita?

Confessei, com certa vergonha:

– Nenhum especial.

– Laura precisa de alguma coisa rara – interveio Claudio. – Um perfume parecido com ela, ao mesmo tempo leve e selvagem.

Pardal dos campos?

As vendedoras riram educadamente. Claudio se divertia com meu constrangimento. Eu o odiei naquele momento. Não estavam errados os que o consideravam indelicado.

– Muito bem, vamos achar algo – declarou a responsável pela loja.

No meu pulso e no de Claudio, ela vaporizou diversos aromas, citando os nomes. Logo, todos se misturaram. Que exagero! Eu seria incapaz de escolher.

– Este – decidiu subitamente Claudio.

Era uma água-de-colônia, chamada simplesmente "Elle", que cheirava a ervas aromáticas e a frescor. Também tive direito a embrulho de presente.

– Você o colocará dentro dos sapatinhos – ordenou Claudio, depois que voltamos ao carro. – Está proibida de abri-lo antes da manhã de 25 de dezembro.

Como todos os anos, meus sapatos estariam diante do fogo da cozinha, em Villedoye: o Natal cairia numa quinta-feira. Nenhuma viagem programada para Claudio antes de meados de janeiro. Durante uma boa semana, eu pretendia voltar a ser normanda.

10

Hoje de manhã, na padaria, dei uma de comerciante, a melhor forma de reatar os laços com minha aldeia. Todo mundo passou por lá, inclusive ex-colegas de escola, em sua maioria casadas e mães de família: "E então Laura, quando será a sua vez?"

Elas sabiam que eu trabalhava com música, mas o nome de Claudio Roman não lhes dizia nada. Se eu cuidasse de um artista pop, meu momento de glória seria reconhecido. Não procurei esclarecê-las. Era bom voltar a ser simplesmente Laura, pardal dos campos e das macieiras.

Em contrapartida, Bernard, o marido advogado de Agathe, conhecia bem o cantor. E saber que sua pequena cunhada tinha a honra de acompanhá-lo em suas turnês deixava-o possesso.

Na noite de Natal, que passamos todos juntos na casa de meus pais, ele não poupou elogios a Claudio. Louco por ópera, vira-o em *Carmen*, *Così fan tutte*, entre outras...

– Fabuloso! Ele não representava, ele *era* o personagem. Deve ter sido terrível ter que desistir do palco...

Lembrei-me de seu semblante fechado, de sua resposta ao jornalista em Nice – "A ópera terminou para mim" – e do desespero que eu percebera nessas palavras.

Agathe, por sua vez, me interrogou sobre tudo: nossas viagens, os palácios, a imprensa, a TV. Estava de queixo caído.

Fizemos em sua casa, em Deauville, o almoço do primeiro dia do ano. Seu marido prosperava, seus filhos, de 6 e 8 anos, menino e menina, eram encantadores, tinha empregada em casa: uma vida boa! Ela fez um pequeno muxoxo quando lhe falei isso.

– Você acha?

Depois do almoço, fomos em família fazer o passeio ritual pelo deque. O mar estava agitado, o tempo, hostil, cinzento e ventoso. Eu havia efetivamente voltado para casa.

– Usa perfume agora? Isso é novidade – espantou-se minha irmã, me cheirando. – Não seria o famoso Elle? Acabou de ser lançado.

– Eu não sabia disso, mas é realmente o Elle.

E tinha sido presente *dele*. Não consegui me calar e contei a Agathe. Qualquer ocasião era boa para citar o nome de Claudio. Ela me olhou de rabo de olho.

– Não minta para mim! Você está apaixonada? Bernard me mostrou uma fotografia do seu cantor num CD, quando ainda tinha os olhos. É verdade, ele era sensacional.

– Continua sendo. E se eu estivesse apaixonada, seria sem esperança – respondi, rindo. – Todas as mulheres estão a seus pés.

– Isso não impede que ele telefone o tempo todo para você.

A última vez fora durante o almoço e saí da mesa para atender. Não contei a Agathe que Claudio queria se desculpar por ter me acordado na noite de Ano-novo.

Ele ligara à uma hora da manhã. Com ajuda do champanhe, eu dormia profundamente e meu coração dera um pulo. Meus pais teriam ouvido o toque do celular? Meu quarto ficava ao lado do deles.

Com a cabeça enfiada no lençol, conversei com ele até que sua angústia se aplacasse. Contei histórias de família em Villedoye, das quais ele gostava muito. Nós o divertíamos.

Ela deu um pontapé num monte de conchinhas, abandonado ali por uma criança.

– Você tem sorte. – Suspirou. – É você quem leva uma vida boa!

Apontei para o seu marido, que caminhava na frente, cercado pelos dois filhos.

– Isso também não é nada mau!

Ela fez outro muxoxo:

– É, não é nada mau.

A bela me invejava agora? A mim, a pequena, que, naquele mesmo deque, antigamente procurava em vão o olhar dos meninos e devia pagar do próprio bolso seus drinques por não ter um admirador para fazê-lo?

Mais uma vez, comparei, mas agora não Agathe e eu. A Agathe de antigamente e a de hoje.

Seus cabelos continuavam dourados e certamente mais bem penteados do que aos 16 anos; cabeleireiro na certa. Seus olhos, mais azuis do que nunca, eram sublinhados por uma boa maquiagem, seus traços eram os mesmos, sua silhueta, impecável, apesar das duas gestações. Mas alguma coisa mudara. Uma luz, um brilho, parecia ter embaçado. Seu andar não era mais o mesmo, aquela maneira adolescente que ela tinha de avançar o queixo, parecendo dizer: "Que venha a vida!" Ou mais simplesmente: "Que venham as festas e os garotos!"

Agathe já não fazia o sucesso de antes.

Minha tia Jeannette exprimiu em alto e bom som meu sentimento quando, louca de curiosidade, passou para fazer uma visita dominical a mim e a mamãe.

Dessa vez, eu participava do café e da conversa. Paris, meu trabalho, minhas distrações, ela queria saber de tudo.

Exagerei um pouco para alimentar o restante de seu inverno.

– É engraçado – constatou ela, depois que terminei. – É você que brilha agora e Agathe se apaga.

– Se apaga, se apaga... – protestou mamãe, sempre pronta a defender as filhas. – Que história é essa? Ela está entediada, só isso. O marido, em função do trabalho, está sempre na estrada. Só você acha engraçado. Ainda é uma garota que sempre gostou de festas.

– E a festa hoje é a pequena que faz – concluiu minha tia, sorrindo.

Lembrei-me daquele dia de verão, quando três carros tinham vindo buscar Agathe para levá-la à praia e quando algumas palavras pronunciadas por Jeannette me levaram a fazer comparações com minha irmã.

Em que situação eu me encontraria hoje se não tivesse flagrado a conversa sobre o lírio e a flor silvestre? Quem sabe se, sendo a mais talentosa na escola, eu não teria virado professora, como mamãe desejava?

Por um instante tive vontade de lhes contar como, de certa maneira, elas tinham me dado o impulso e me incentivado a me descobrir. Mas teriam compreendido? Eu mesma não conseguia me dar conta.

Preferi me calar, dando uma espiada nas obras de Delly nas prateleiras, dirigindo piscadelas cúmplices às minhas coleguinhas dos príncipes encantados. Nesses romances, só se fala de amor, corações partidos, faces ruborizadas e poentes. Como nos Lieder de Mozart, enfim. Com a diferença de que os Lieder terminavam sempre com separação ou morte, ao passo que, no caso das heroínas de Delly, o fim era necessariamente feliz.

– Obrigada por não ter me perguntado quando eu pretendia me casar – falei para minha tia, enquanto ela se despedia. – Todo mundo já fez isso aqui.

– E quando vai ser?

Quem ficou mais triste ao me ver partir foi aquele que menos falou comigo durante minha estadia, a não ser por longos olhares e algumas beijocas-surpresa no rosto: meu pai! Ele sempre tivera uma secreta preferência pelo pão preto.

Fui encontrá-lo junto ao forno para me despedir.

– Sabe o que diz o cantor para quem eu trabalho? Que o pão e a música são os dois alimentos indispensáveis à vida. Ele coloca inclusive o pão antes da música.

Um sorriso de orgulho iluminou o rosto do padeiro.

– Se um dia vocês passarem por aqui, você precisa apresentá-lo a mim.

11

Já era março! Enquanto os brotos começavam a despontar, uma onda de frio varreu o país.

No meu pombal, aquecido por um simples radiador elétrico, a temperatura estava no limite. Eram dez horas da noite, preparava-me para tomar uma ducha quente antes de me refugiar debaixo do edredom com um livro, quando o celular tocou:

– Laura? Venha. Eu lhe imploro, venha depressa.

A voz de Claudio estava um fiapo, quase inaudível: parecia que alguém o estrangulava.

– Imediatamente!

Fiquei com medo. Rico, sozinho, cego: a presa ideal para os covardes, que sempre escolhem atacar os fragilizados. David tentou várias vezes persuadir Claudio a contratar alguém para morar com ele: a casa é ampla, ele não seria incomodado. Em vão. "Não preciso de ninguém." Até Maria, a fiel "babá", foi recusada.

Vesti rapidamente calça comprida, suéter e casaco. Meu carro estava estacionado perto de casa. Se evitava usá-lo em Paris, o contrário se dava desde que comecei a fazer regularmente o trajeto Montmartre-Neuilly. Acelerei pelo cais, o estômago embrulhado. O que acontecera com Claudio? "Eu lhe imploro, venha depressa." Com exceção de nossas viagens, ele nunca solicitara minha ajuda durante a noite. E nunca havia implorado. Será que eu deveria tentar falar com David antes de partir como uma louca?

Mas David estava na Grécia, em Atenas, prestando assessoria a uma jovem cantora. Claudio não era seu único cliente. Aliás, ele me ligara naquela tarde e eu lhe dissera que estava tudo bem.

Que problema me esperaria em Neuilly?

A avenida onde Claudio tem casa, num bairro residencial, estava calma. Um homem encasacado passeava com seu cachorro junto às árvores que o granizo e a luz dos postes transformavam em espectros. Meus dedos tremiam ao digitar a senha. Na extremidade do jardim, o salão estava iluminado. Ouvia-se música. Entrei com minha chave.

Claudio estava no sofá, diante do aparelho de TV ligado, o som no máximo.

– Claudio, sou eu.

Sempre tive medo de assustá-lo.

Sem virar a cabeça, ele fez sinal para que eu me sentasse ao seu lado. Seus cabelos estavam desalinhados, sua cara era de quem não dormira. Apontou para a tela.

– Escute. É *La Traviata*.

A ópera de Verdi, adaptação de A *dama das camélias*, de Alexandre Dumas Filho, filmada por Zeffirelli.

Já tinha lido o livro e visto o filme. Violetta, jovem e bela cortesã, apaixona-se por Alfredo, filho de boa família. Por ele, abandona sua vida desregrada e amam-se loucamente. O pai de Alfredo, julgando a família desonrada, leva Violetta a romper com o filho, fazendo-o acreditar que ela não o ama mais. O fim é trágico: tuberculosa, Violetta morre nos braços do amado.

– Escute – suplicou Claudio, segurando minha mão e apertando-a até machucar. – Escute.

Era o fim da ópera, o terceiro e último ato: com Violetta nos braços, Alfredo cantava. Com uma voz alquebrada, Claudio traduziu os versos originais.

Recuperarás a saúde,
serás a luz de minha vida
e todo o futuro nos sorrirá.

– Alfredo sou eu! – gritou ele. – Deveria ter sido eu. Os ensaios estavam começando quando aqueles criminosos acabaram comigo.

Ele projetou o rosto em direção à tela, parecia querer tomar o lugar que lhe era devido, que os criminosos lhe haviam roubado.

"A ópera terminou para mim, não sabia?", ele dissera ao jornalista, em Nice.

Alfredo e Violetta faziam um dueto. As lágrimas escorriam pelo rosto de Claudio. Ele tentara contê-las o quanto pôde na minha presença, escondê-las sob a ira, disfarçá-las sob a agressividade, ser apenas o garotinho que batia o pé e exigia a porta entreaberta, um pouco de luz para expulsar os fantasmas.

O fantasma de Alfredo?

Violetta cantava sozinha, definhando; o final estava próximo. Precisei apurar os ouvidos para compreender as palavras que Claudio continuava a traduzir para mim, murmurando:

Morrer tão jovem,
morrer tão perto de ver enfim cessar meu pranto interminável.

E, concluindo:

Diz-lhe que ainda quero viver.

"Diz-lhe que ainda quero viver", repetiu Claudio, num suspiro.

Eu gostaria imensamente de ter forças para desligar a maldita TV. Mas ele me mataria, com certeza. Parecia ter se passado um século antes que o pano caísse sobre as últimas palavras de Violetta, que a morte libertou do sofrimento.

O gioia!

– "Ó alegria!" – repetiu Claudio, com uma risada terrível. – "Ó alegria..." Você ouviu? Onde está essa alegria?

Voluntariamente, ele desligou a TV, antes de atirar o controle remoto para longe com toda a força. O silêncio, o vazio. Ele fechou os olhos. Parecia esgotado. Que dizer para ajudá-lo, a não ser ficar ali? Segurei sua mão. Ele a apertou contra seu peito e senti seu coração bater.

– Quando eu canto esses malditos Lieder, Alfredo está presente, aprisionado.

Subitamente ele me repeliu, levantou-se, girou sobre si mesmo, como que perdido. Em seguida, com as mãos estendidas à frente, caminhou em direção à porta de vidro, abriu-a e saiu no jardim, num frio glacial, praticamente sem agasalho, nada no pescoço.

"Imagine se perco a voz", dissera-me certa vez. "O que me restaria?"

Sua voz: seu instrumento, sua vida.

Corri para juntar-me a ele. Parado no meio do jardim, cabeça baixa, continuava a cantar:

> *Eu a amava sem saber,*
> *desse amor que faz palpitar*
> *o universo inteiro.*

– Você, que acredita no amor, Laura, Violetta *é* o amor – disse ele. – Ela sacrifica tudo por Alfredo. E esse pobre idiota não vê nada, espera até perdê-la para compreender...

Esse pobre idiota...

Eu riria se não estivesse com tanta vontade de chorar. "Ele não representava, ele era o personagem", dissera meu cunhado.

Tomei seu braço e, com toda a força, tentei puxá-lo para a casa. Ele resistiu.

– Por favor, Claudio, vamos entrar. Eu lhe suplico, você pode ficar doente.

Pobres palavras! Ficar doente? Ótimo. Agarrar a morte era o que ele desejava. Para que viver, se jamais seria Alfredo?

No salão, o telefone tocou. Seus ombros relaxaram subitamente. Parecia retornar à terra. Não existe telefone na *Traviata*, apenas palavras de amor, ódio, lamento e desespero. A vida sem intermediários, de coração para coração.

Ele me deixou conduzi-lo para dentro. O telefone parou de tocar. Fechei rapidamente a porta de vidro atrás de nós. Ouvimos a voz de Hélène Reigner terminando sua mensagem na secretária eletrônica.

"Ligue para mim para me dizer o que achou. *Arrivederci, caro.*"

– Idiota! – disparou Claudio.

Ele foi na direção do carrinho que lhe servia de bar, apalpou as gar-rafas, pegou uma, abriu, encheu um copo até transbordá-lo e engoliu a bebida de um trago.

– Quer um pouco? É conhaque.

– Não, obrigada.

Ele veio na minha direção, guiando-se pela minha voz.

– Vou parar – decidiu. – Vou parar de cantar. Fim. Amanhã, você cancelará todos os meus compromissos. E que David não tente me impedir.

Desabou no sofá. Usava a calça de veludo que vestira em Auxerre para passear comigo e uma camiseta esportiva. O que me dissera David um dia? "Ele não pode mais praticar esportes, mas diariamente escala o Himalaia, atravessa o canal da Mancha a nado e ninguém se dá conta disso."

– Venha cá – ordenou ele, batendo no lugar ao lado dele.

Obedeci. Ele pousou o copo vazio sobre o carpete e me enlaçou. E então sua boca procurou a minha, enquanto suas mãos descobriram meus seios.

– Não!

Meu coração balançou. Dessa vez não era um jogo; ele queria realmente. Afastei meu rosto e empurrei sua mão. Ele riu.

– Por que não? Não gosta de mim, pardal dos campos? Não me deseja?

Pegou minha mão à força e a comprimiu sobre seu sexo.

– Veja como a desejo. Está sentindo?

Quente, duro, latejando sob meus dedos. Desejei-o tanto determinados dias, senti na alma a dor de querer seus braços em volta de mim, seus lábios me beijando, você em mim. Desde Auxerre, fazia seis meses que nenhum homem me tocava. Alguns tentaram, e eu ri, dizendo: "Não, obrigada, não estou disponível."

Não, obrigada, Claudio, pensei, não esta noite, não por desespero.

Ele insistiu, forçando minha mão a esboçar uma carícia. Ele cheirava a álcool, estava feio e cheio de tiques e eu não tinha mais certeza de amá-lo, gostaria de jamais tê-lo conhecido, bater a porta e sumir.

Consegui me desvencilhar, levantando-me. Ele também ficou de pé, imenso, amedrontador.

– Por que não responde quando falam com você?

Segurou meu braço para me reter. Com a outra mão, tateando, procurando meu rosto. Fechei os olhos. Seus dedos sentiram minhas bochechas.

– Ora, está chorando, Laura. Está chorando?

Sua mão caiu novamente. Ele permaneceu assim por um momento, em seguida me deu as costas.

– Suma da minha frente antes que eu a estupre. Vou ficar bem.

12

ERAM OITO horas quando me assustei com o toque do telefone: David. Claudio acabara de ligar para Atenas a fim de lhe comunicar sua decisão de parar de cantar. Ele se recusara a responder às perguntas de seu agente. Estava definitivamente terminado. Ponto final.

– O que houve, Laura?

A voz do "pai" estava mais áspera do que nunca. A minha também não estava alegre quando lhe contei sobre a noite, *La Traviata* e Alfredo. Eu mal conseguira dormir, atormentada pelo medo e pelo remorso. Medo de que Claudio fizesse uma besteira. Remorso por não ter ficado ao seu lado. E por não ter lhe dado o que me pedira.

O que vale meu querido corpinho diante do desespero do homem que eu amava? Já não me acontecera oferecê-lo por simples prazer, por hábito, às vezes por compaixão? Talvez Claudio tivesse se limitado a "trepar", mas eu certamente teria feito amor por nós dois.

– Aos 20 anos, ele já sonhava interpretar Alfredo – observou tristemente David. – Nunca se perguntou, Laura, por que ele recusava todos os convites para cantar ou gravar as grandes árias das óperas, como fazem todos hoje em dia? Porque um cantor de ópera também é um ator e, para ele, isso terminou. Nunca mais poderá produzir-se para o palco e representar a totalidade de um papel. Não realizará seu sonho. E eu gostaria muito de saber qual foi o imbecil que lhe avisou que ontem passaria *La Traviata* na televisão.

– Acho que foi Hélène Reigner. Ela ligou assim que a ópera terminou. Ele não atendeu.

– Santo Deus, então ela não entendeu nada? – gemeu David.

– Você precisa voltar – supliquei. – Ele está completamente desesperado. Não sei mais o que fazer.

– Estarei aí no fim da tarde – prometeu. – Enquanto isso, cuide dele, Laura. E peça a Maria que não saia da casa.

Ele temia o mesmo que eu?

Às nove eu já estava em Neuilly. Maria tinha acabado de chegar.

– O patrão está dormindo.

Fiz questão de me certificar disso, o que não foi difícil, pois ela deixara a porta do quarto entreaberta para ouvi-lo caso chamasse. Dormia ruidosa e pesadamente.

– Ele não teve uma noite boa – expliquei.

Ela balançou tristemente a cabeça apontando o salão revirado, a garrafa de conhaque no chão, vazia.

– Você me ofereceria uma xícara de café? – perguntei.

Tomamos o café juntas na cozinha e, quando confessei ter pulado o desjejum, ela me ofereceu pão fresco, que tinha acabado de comprar para Claudio. Ela levava para ele todas as manhãs. Ele preferia a baguete de farinha integral aos croissants.

Como eu, pensei.

Pão preto.

Maria me contou que cuidava de Claudio havia mais de quinze anos, desde que ele se instalara em Neuilly, ainda rapaz. Ela estava prestes a se aposentar quando aconteceu o acidente. Continuara exclusivamente por ele.

Fiz a pergunta que tanto me atormentava:

– Mas e os pais dele, não dão um apoio?

– A mãe vem de vez em quando, mas ele diz que não quer ser tratado como criança.

– E o pai?

Ela suspirou.

– Não sei. Acho que não aguentou. Sumiu do mapa.

O pai era daqueles homens que o infortúnio faz correr? Não insisti.

– Se o tivesse conhecido antes, senhorita... Era um tempo de festas aqui – continuou Maria. – Ele não parava de gracejar comigo.

Ela ria, enxugando os olhos.

– Tem certeza de que não podemos fazer nada? – perguntou.

Para que a ideia se consolidasse em mim tão depressa, ela certamente já me ocorrera, germinara em meu espírito.

Sim! Havia alguma coisa a ser feita.

"Um transplante de córnea seria possível", respondera David, quando eu lhe fizera a mesma pergunta que Maria.

Nos papéis de Claudio, que às vezes eu arquivava, encontrei sem dificuldade as coordenadas do Dr. Leblond, seu oftalmologista desde a agressão. Um figurão. O melhor, segundo David. Aposentado do hospital, atendia agora num consultório particular.

Eram quase dez horas, Claudio continuava a dormir e eu rezava para que não acordasse logo. Maria dava um jeito no salão. Liguei da cozinha, do meu celular.

Quando disse à secretária do médico que precisava marcar uma consulta urgente para Claudio Roman, ela arranjou um horário naquela mesma tarde. Alguns nomes abrem todas as portas.

– Talvez tenha que aguardar um pouquinho, encaixei-o entre dois pacientes.

– Não tem importância.

Abstive-me de lhe dizer que o paciente não me acompanharia.

"Quando você mete uma ideia na cabeça...", dizia minha mãe.

Deixei Claudio com Maria. David apareceria à noite. Se houvesse um problema qualquer, que ela não hesitasse em me ligar.

Saí na ponta dos pés como uma ladra.

"Mas ele não quer ouvir falar nisso", também dissera David.

13

No VII *arrondissement*, o consultório do Dr. Leblond dava para a torre Eiffel. Continuava frio, mas o sol brilhava triunfante num céu de um azul impiedoso. Uma longa fila de turistas esperava para subir o célebre monumento a fim de admirar a vista. Claudio fizera isso? Muitos parisienses não se dão o trabalho.

– O Sr. Roman não está com a senhora? – espantou-se a secretária do doutor, quando empurrei a porta do consultório.

– Ele não pôde se deslocar.

Ela franziu a testa.

– Mas então...

– Aconteceu uma coisa grave, muito grave, com ele – falei precipitadamente, aterrorizada diante da ideia de que ela pudesse cancelar a consulta.

Ela ficou desconfiada.

– Mas quem é a senhora, afinal?

– Irmã dele.

A resposta veio instintivamente. Se eu dissesse "sua assessora de imprensa", tenho certeza de que teria sido dispensada.

Apontou uma pequena sala de espera, onde duas pessoas já mofavam: uma velha acompanhada de uma jovem, mãe e filha provavelmente. Será que perceberam minhas mãos trêmulas quando peguei a revista? Eu suava frio!

O doutor me recebeu cerca de trinta minutos mais tarde. Não pareceu admirado de me ver sozinha: a secretária deve tê-lo avisado.

Era um homem na casa dos 60 anos, cabelos grisalhos, compreensivo com um olhar paterno por trás dos óculos de armação grossa. Eu estava com um nó na garganta. Mesmo quando temos um bom pai, isso não nos impede de procurar outros por toda parte, sobretudo quando eles usam um jaleco branco. E a mais obstinada das filhas, mesmo com uma ideia genial na cabeça, pode sentir-se prestes a desmoronar.

Após ter fechado a porta, ele não voltou para trás da mesa. Apontou duas poltronas, uma ao lado da outra.

– Vamos nos sentar aqui.

Em seguida, olhou para mim de forma maliciosa.

– Eu ignorava que Claudio Roman tivesse uma irmã.

Ele sabia! Sabia que eu mentira e me recebia assim mesmo! A gratidão explodiu em meu peito e contei tudo: meu trabalho junto ao cantor, nossas viagens, todas aquelas noites em que ele irrompia no meu quarto para gritar por socorro, seu medo, seu desespero. E, no dia anterior, o ataque de fúria ao escutar Alfredo em *La Traviata*. Quando Claudio saíra, vestido precariamente, o pescoço exposto, em seu jardim congelado, era uma forma de suicídio, eu tinha certeza. Matar a voz. Matar-se.

– Aliás, ele decidiu parar de cantar. Isso não é possível, doutor. O que será dele? Se ele não cantar, não terá mais nada.

Em sua mesa, pegou um punhado de lenços de papel, que me estendeu. Tive vontade de rir. É claro que o riso funcionava para mim como uma espécie de defesa.

– O que espera de mim, senhorita? – perguntou ele, após ter me dado um tempinho para que eu me acalmasse.

– Parece que seria possível um transplante de córnea para o olho direito, o menos atingido.

– Exatamente. A córnea do olho direito sofreu menos queimaduras que a do esquerdo. A pressão desse olho está normal, a retina e o cristalino, intactos.

– Se o senhor operá-lo, quais são as probabilidades de ele recuperar a visão?

– Em torno de cinquenta por cento.

Uma chance em duas.

"Com o olho direito, ele consegue distinguir o dia da noite. Tem medo que até isso lhe seja tirado", dissera David.

– Se não desse certo, ele ao menos continuaria a enxergar um pouco de dia?

– No pior dos casos, voltaria ao ponto de partida.

Respirei melhor.

– E quando o senhor poderia operá-lo?

O Dr. Leblond arregalou os olhos.

"Sempre apressada", teria dito minha mãe.

– Em nosso generoso país, infelizmente é muito difícil encontrar doadores de órgãos. No caso de uma córnea, a espera pode ir de seis meses a um ano.

Minha decepção foi imensa.

– Não é possível!

– Como assim?

– Não posso colocar Claudio contra a parede pedindo-lhe que espere seis meses!

O Dr. Leblond olhou para mim com uma expressão incrédula.

– Colocá-lo contra a parede? A senhorita quer dizer que ele não mudou de ideia? Que continua a se opor a um transplante?

– Claudio não sabe que estou aqui – confessei.

O médico deu um grande suspiro.

– Eu esperava uma notícia melhor.

Inclinei-me em sua direção. Como triunfar sem sua ajuda? Sem sua confiança?

– Doutor, farei com que ele mude de ideia, sei que posso. Mas seis meses... Não há como agilizar?

– Algumas semanas no máximo. A lista de espera é longa. Deve saber que tudo passa pelo cadastro nacional.

– E se eu lhe doasse uma de minhas córneas?

A ideia acabava de me ocorrer. E por que não?

– Tenho a visão excelente – acrescentei.

Dessa vez, Leblond me fitou como se eu estivesse completamente louca. Suponho que não estava errado.

– É uma piada, senhorita? Acredita mesmo que essa oferta poderia ser aceita?

O telefone tocou. Ele atendeu e escutou por alguns segundos.

– Mais tarde – respondeu com impaciência. – Preciso de mais quinze minutos, por favor.

Desligou.

– Quinze minutos para me dizer que não será possível? Que Claudio não voltará a enxergar? Que é melhor desistir? Deixá-lo morrer?

Agora era a revolta que tomava conta de mim. Parecia que eu lutava contra o mundo inteiro.

– A senhorita parece esquecer que é ele quem não quer – retorquiu Leblond, seco.

Ele estava certo. E eu estava perdendo a cabeça!

– Por favor, me ajude – murmurei.

Ele se levantou e deu alguns passos pelo consultório, o cenho franzido, refletindo. Depois me encarou de novo.

– Estaria disposta a levar Claudio para Nova York?

– Para qualquer lugar, se isso lhe der uma chance de voltar a enxergar.

– Nos Estados Unidos, a lista de espera praticamente não existe. Há mais doadores do que em nosso país. E para os que possuem recursos, não há problema. Tenho um amigo lá, o Dr. Miller, grande fã do nosso cantor, imagine. Se eu lhe pedir, ele certamente aceitará assumir o caso. No prazo mais curto.

Ele sorriu para mim.

– Mas não há como escapar, senhorita "irmã", não podemos fazer nada sem o consentimento do paciente.

– Obterei esse consentimento.

– E eu... Eu gostaria de ter a sua fé.

– Dizem que ela move montanhas.

– O problema é que Claudio sozinho já é uma cordilheira!

Rimos. Eu tremia de alegria. Ainda não acreditava que vencera. Bem, pelo menos aquela batalha.

Voltou-se, pegou um cartão de visita em sua mesa.

– Aqui estão meus contatos. Se por sorte conseguir o que pretende, ligue imediatamente para mim. Falarei com Miller. Quanto à senhorita, precisa estar pronta para embarcar a qualquer momento com Claudio. Suponho que irá acompanhá-lo a Nova York.

– Estaremos prontos.

Peguei o cartão e me levantei. Meus quinze minutos haviam chegado ao fim. Eu me sentia num sonho. Tinha medo de retornar à vida.

– Uma última coisa, senhorita. Saiba que geralmente a proximidade da cirurgia é muito difícil para aquele que vai ser operado. Ao mesmo tempo que os pacientes desejam esse transplante, também o temem. "E se a cirurgia não der certo? Se eu ficar como antes? Ou até pior do que antes?" Alguns chamam isso de "tortura da esperança". É para fugir disso que preferem resignar-se.

– Claudio nunca se conformará de não ser Alfredo.

"Alfredo está presente, aprisionado", ele me dissera apertando minha mão em seu peito e eu sentira bater o coração de um condenado.

Chegamos à porta. O doutor deteve-se.

– Em todo caso, a senhorita deve ficar ao lado dele até o último minuto. Na verdade, até a porta da sala de cirurgia, para impedi-lo de voltar atrás em sua decisão.

– Estarei lá.

Seria com os olhos em lágrimas
Que eu veria os horizontes distantes.

Mozart. A esperança.

A noite foi embora.
O dia chegou.

O renascimento. Mendelssohn.

14

— O QUE DEU em você, Laura? Perdeu o juízo por acaso? Aparecer no consultório de Leblond assim, sem falar com ninguém... Nem mesmo *comigo*!

Crime de lesa-majestade?

– Se eu tivesse falado, David, você teria permitido que eu fosse?

– Claro que não! Claudio recusou categoricamente esse transplante. Trazendo de novo o assunto à tona, você vai despertar tudo, arrasá-lo de vez.

– Arrasado ele já está. E nada está acabado, você sabe muito bem. Ele nunca se resignou a deixar de cantar ópera.

David não respondeu. Ele também sofria por Claudio, temendo as consequências de seu desespero. Aliás, não passara a noite em Neuilly?

Eram onze horas de uma branca manhã de inverno. O frio não dera trégua. Estávamos na sala privê de um grande hotel nas proximidades da praça François I. Acima de minha cabeça, pairavam enfeites dourados, uma decoração imponente, daquele luxo no qual o sofrimento não encontra onde se esconder.

O agente deixou escapar uma risada.

– Não me diga que Leblond não se espantou com a sua... visita surpresa. Ele deve ter achado você louca.

– Nem tanto. Nova York e o Dr. Miller, isso é ideia dele. Ele acreditou em mim quando falei que conseguiria convencer Claudio.

– Ninguém conseguiu isso, Laura. Nem Leblond, nem eu, nem ninguém. Acha que não tentamos? Só fizemos deixá-lo num estado lamentável. E cinquenta por cento de probabilidade de a cirurgia fracassar, isso não a faz pensar duas vezes?

– Cinquenta por cento de probabilidade de que dê certo. Isso me deixa animada.

Ele suspirou. Sei que fui atrevida – inconsequente, sem dúvida –, mas eu tinha escolha?

– David, quando Claudio saiu no jardim no domingo sem nenhum agasalho, ele queria morrer. Era suicídio. E ele tentará de novo.

– Ele já teve essas crises. Já decidiu dez vezes parar com tudo. E depois se acalmou. Vamos cancelar seus compromissos por algumas semanas e depois, você verá, ele é quem vai pedir para retomar a carreira.

– Até a vez seguinte, o desespero seguinte...

David May ergueu os olhos. Parecia esgotado. Desde seu retorno da Grécia, não tivera tempo de deixar a mala em sua bela casa de Saint--Cloud. Quando ligara pela manhã e lhe comuniquei minha intenção de pedir a Claudio que aceitasse a cirurgia, ele quis me ver imediatamente para me dissuadir.

Fez sinal para o garçom e pediu um segundo café. Eu não quis. "Uma pilha de nervos", diria minha mãe.

– Você tinha razão num ponto – admitiu ele. – Foi de fato Hélène Reigner que avisou a ele que ia passar *La Traviata* na televisão. Os dois são assediados com pedidos para cantar suas principais árias em dueto. É o sonho dela. Temos que reconhecer que ela seria uma Violetta magnífica.

– Claudio não disse a ela que não queria?

– Nem por isso ela desistiu.

– E domingo ela o levou à loucura.

Detestava aquela mulher. Fora ela que provocara tudo.

– Claudio apaixonou-se por essa ópera aos 16 anos, vendo o filme de Zeffirelli. A mais bela história de amor já escrita, segundo ele. Sabe de cor todas as versões. Haviam lhe oferecido o papel logo antes da agressão. Ele estava começando os ensaios... com Hélène.

O café chegou e, mecanicamente, ele girou a colherinha na xícara. Não usava aliança, apenas um anel de sinete.

O que eu sabia sobre ele?

"Um bulgarozinho que chegou à França com a roupa do corpo e prosperou graças ao talento e à tenacidade", assim ele fora descrito pelo meu ex-chefe, seu amigo. No início, ele me intimidava. Agora, não mais. Porém eu o respeitava. Ele transpusera barreiras muito mais altas que as minhas para brilhar. Esse desejo de brilhar geralmente esconde um ressentimento, uma carência ou um fôlego curto demais. Eu conheceria algum dia a mágoa de David May?

Às vezes tinha um olhar solitário.

– Quando Claudio acordou no hospital, após a agressão, a primeira coisa que me disse foi: "Nunca serei Alfredo" – contou ele.

– Ele *será* Alfredo.

– Como pode ter tanta certeza?

– Sei e ponto final.

– E é você que o levará a Nova York para se consultar com o famoso Dr. Miller?

Respirei fundo e respondi:

– Dei entrada no passaporte ao sair do Dr. Leblond. O meu estava vencido.

David ficou atônito!

– Suponho que aproveitou para comprar as passagens de avião... – gracejou ele.

– Espero pegá-las em breve.

– E quem vai pagar? Você?

A voz estalou, irônica, quase cruel. O golpe me petrificou. "Para os que possuem recursos, não há problema", me dissera Leblond. Eu não tinha pensado na questão financeira: Claudio pode. Mas era David que pagava suas contas, fora ele que me dera o cartão de crédito que uso à vontade durante nossas viagens, bem como o celular.

– Se for necessário, pagarei.

– E pagará o hotel também? A clínica? E os honorários do Dr. Miller? Por acaso acha que ele trabalha de graça? Que irá operar Claudio por seus belos olhos? Perdão, por sua linda voz? Querida Laura, seu salário de um ano não seria suficiente.

Ele riu e eu o odiei por isso. Detestei sua barriga proeminente, seus óculos de lentes grossas e sua covardia. Pois o problema era este: ele não tinha coragem. Temia a reação de Claudio, o fracasso do transplante. Recusava-se a enfrentar a situação. Ficamos assim, sem nos mexer, numa expectativa mútua.

"O pai sumiu do mapa", dissera Maria. E seu substituto não fará melhor.

Como se eu também não tivesse medo.

– Tem razão, David. Se não me der uma cobertura, não poderei fazer nada. Não tenho dinheiro.

E não aguentava mais as lágrimas queimando minhas pálpebras, quando minha vontade era dar um soco na mesa. Cansara de ser a garotinha sem voz.

– Por que está fazendo isso, Laura? – perguntou-me o agente com uma voz mais branda.

Relembrei o grito de Claudio na ópera de Nice.

Guardião, esta noite findará?

– Não aguento mais vê-lo sofrer.

Eu o amava.

E, claro, David entendia. Lia isso em seu olhar. Mais uma a sucumbir ao encanto do grande tenor... e a se iludir sobre seu poder.

Antes que ele se manifestasse, falei:

– Não se esqueça de que sou a irmã mais nova. Foi você mesmo que me pediu isso.

Com um suspiro, ele pousou a mão sobre a minha.

– Muito bem! Vamos estudar a situação com serenidade. Imaginemos que você convença Claudio. Não acredito um segundo nisso, mas vamos imaginar. E vamos supor também que a cirurgia dê certo. Claudio recupera a visão. O que acontece então? Pensou nisso, Laura? A situação volta a ser a de antes. Ele não precisará mais de você; uma simples assessora de imprensa poderá organizar tudo direto de Paris. E, me desculpe, mas uma assessora de imprensa bem mais qualificada. Resultado? Irá perdê-lo.

– Como se atreve?

Gritei, a indignação me tirando do sério. Eis realmente o argumento mais ignóbil, mais desprezível que David poderia usar para me obrigar a desistir.

– Ousa pensar que eu deixaria Claudio em seu infortúnio para não perder meu emprego? Quem pensa que eu sou?

Ele desviou os olhos.

– Desculpe – murmurou.

Terminou seu café em silêncio. Estava com vergonha e eu também. Por ele. O toque do meu celular, no meu bolso, nos sobressaltou. Celular especial para atender Claudio, como o belo cartão de crédito dourado. Kit básico de guia do tenor, todas as despesas pagas.

– Com licença – disse, afastando-me um pouco da mesa.

– Por que não veio ontem? – perguntou Claudio, com uma voz arrastada. – Onde se meteu?

– Fui ontem de manhã. Maria não falou? Você estava dormindo.

– Não dormi o dia inteiro.

– David esteve com você.

David, na mesa ao lado, não perdeu uma migalha da conversa; sabia perfeitamente com quem eu estava falando.

– Venha! – ordenou Claudio. – Imediatamente. Tenho coisas para resolver com você.

Consultei meu relógio: meio-dia.

– Daqui a meia hora.

Coloquei de volta o aparelho no bolso. Se um dia eu consegui abrandar sua respiração, sua voz; se conseguir libertar Claudio daquela sensação de estar perdido no escuro, significará que consegui.

Ele não precisará mais de mim.

Voltei a David.

– Ontem ele estava inquieto por não tê-la visto – contou-me ele. – Estava com medo que você o detestasse.

– E por que o detestaria, meu Deus? Por ele estar desesperado?

Peguei minha bolsa com o protocolo do passaporte.

– Até logo, David. Ele está à minha espera.

– E vai falar com ele?

– Imediatamente.

– Se faz questão absoluta de ser escorraçada...

15

Da cozinha subiam aromas apetitosos. Maria devia estar ao fogão. Numa mesinha, num canto da sala, dois pratos estavam postos e havia uma garrafa de vinho aberta.

Claudio estava sentado numa poltrona de frente para seu jardim colorido pelo frio e pelo sol. Apertava o celular nas mãos e isso me comoveu. Seu vínculo com a vida. Comigo.

Para avisá-lo de minha chegada, deixei a bolsa cair. Ele virou o rosto na minha direção.

– Laura?

– Estou aqui, Claudio.

Ele vestia uma camisa azul-clara, sem gravata. Não se barbeara.

– Maria arrumou o seu lugar. Você almoça comigo.

– Se o cardápio me agradar...

Seu rosto continuou fechado. Puxei uma cadeira para perto de sua poltrona. Ele não procurou minha mão. Da última vez pegara-a com força para colocá-la sobre seu sexo e esse gesto ainda estava entre nós dois. Cabia a mim apagá-lo.

– Tempo horrível para os passarinhos – observei. – Na minha terra, quando faz um frio desses, a gente pendura um pedacinho de banha numa árvore. Assim alguns se salvam.

Maria entrou, num belo avental colorido. Dirigiu-me um sorriso cúmplice.

– Temos linguado à *belle meunière* – anunciou.

Retribuí seu sorriso.

– Uma normanda que se preze nunca diz não a um linguado.

Fomos imediatamente para a mesa. O peixe era gigantesco. Maria nos serviu. Eu gostava muito de vê-la fazer isso, me lembrava da minha mãe. Para acompanhar, havia batatinhas com salsa. Ela nos serviu vinho e se retirou.

– Onde estava quando liguei para você? – perguntou Claudio.

– No George V com David.

– Começaram a cancelar meus espetáculos?

– Ainda não. Mas falamos de você.

Ele tateou, à procura do pão. Aproximei um pedaço de sua mão.

– Você não será demitida, entendido? – disse ele, rindo. – Continuará a vir aqui.

Meu coração estava acelerado. "Ele não precisará mais de você." Se eu não falasse agora, não teria mais coragem.

– Quer saber sobre o que conversei com David?

Ele deu de ombros sem responder.

– Na verdade, discutimos. Fiz uma visita ao Dr. Leblond ontem. Ele me criticou por isso.

O garfo de Claudio tilintou no prato.

– O Dr. Leblond? Está com problemas nos olhos? – perguntou ele, com uma voz tempestuosa.

– Não, mas me preocupo muito com os seus.

– E quem pediu que se preocupasse?

– Ninguém. Decidi sozinha.

Ele se levantou com um movimento brusco que fez tremer a mesa e caminhou até o piano, no qual esbarrou antes de se apoiar. Eu tinha um chumbo dentro do peito. Como deixá-lo nessa situação, David? Como não tentar que um dia ele caminhe sem estender as mãos para a frente, como um mendigo ansiando pela luz?

Fui em sua direção.

– O Dr. Leblond tem um amigo em Nova York que pode operá-lo, desde que você esteja de acordo. Não há espera para transplantes de córnea lá.

– Não sabe que não quero esse transplante?

Sua voz tremia de cólera. Eu precisava falar mais antes de ser escorraçada, então continuei. Minha única preocupação era impedir que minha voz tremesse.

– Aconteça o que acontecer, você continuará a ver um pouco de luz.

– Que luz? – gritou ele. – De que luz está falando?

Para a maioria das pessoas, a visão era calculada em décimos. Para Claudio, era em quadragésimos, me dissera Leblond. Alguns quadragésimos...

– Em todo caso, você não tem mais escolha – declarei.

Ele se sobressaltou. Eu o martirizava.

– Como assim, não tenho mais escolha?

Estendi a mão e pousei-a sobre o seu peito. Ele estremeceu quando o toquei.

– Com Alfredo aprisionado aqui...

O estupor paralisou-o.

– Sabia que está me enchendo o saco? – gritou.

Ele afastou-se do piano e foi na direção da sacada, fugindo de mim com seu passo vacilante, tentando me escapar, meu pobre amor. Segui-o. Eu falara de Alfredo e continuava ali!

Maria apareceu na entrada do salão. Fitou-nos, recolheu seu belo linguado que esfriava nos pratos e se retirou na ponta dos pés. Socorro, Maria.

Claudio apoiava o rosto na vidraça. Quis pegar sua mão, mas ele me repeliu.

– Lembra-se de sua promessa? – perguntei.

Ele levou um tempo para responder. Talvez se lembrasse.

– Que promessa?

– Um dia, você me criticou por nunca pedir nada e prometeu me dar o que eu quisesse, a lua se necessário. Faço o meu pedido hoje. Peço que vá comigo a Nova York para ser operado pelo Dr. Miller.

Ele se virou para mim, com o rosto estupefato.

– O que você acha que está fazendo, garota?

– Acredito nas promessas, só isso. Peço que cumpra a sua.

Era absurdo, infantil, inútil, ridículo. A lua! Mas ele ainda não me expulsara.

– Muito bem, a resposta é não.

– Nesse caso, não poderei mais cuidar de você, Claudio. Não posso ficar com alguém em quem não confio.

Era eu mesma quem pronunciava aquelas palavras? Até eu estava pasma com elas. Em meu imenso orgulho, julgava-me indispensável para aquele homem? Esperava que ele se jogasse aos meus pés: "Fique, não quero perdê-la"?

– Chantagem, agora... – sussurrou ele. – Está me chantageando, pardalzinho?

– Quero que concorde em ser operado. Sei que voltará a enxergar!

– E quem lhe disse isso? A lua? Os astros?

– O Dr. Leblond. Ele acredita nisso tanto quanto eu.

Exagerei um pouco, paciência! Se fosse preciso, teria jurado pela minha vida.

– Ligue para ele, se não acredita – acrescentei, desafiando-o.

Foi então que ele riu.

Eu conhecia todos os risos de Claudio. Em geral, eram risos de revolta ou desespero, às vezes de crueldade, raramente de alegria ou prazer. Nesse riso, percebi alguma coisa de incomum e aterrador, como um frêmito, uma hesitação, uma interrogação. A esperança renascia. Eu conseguira entreabrir a porta.

Segurei sua mão e levei-a aos meus lábios.

– Permita-me acompanhá-lo nesse caminho, Claudio. Não o deixarei um instante. Ficarei com você até o fim.

Ele se desvencilhou.

– Deixe-me – disse, com brandura. – Por favor, vá embora.

16

CLAUDIO TELEFONOU para David para exigir que lhe deixassem em paz. Eu estava incluída nisso. Ele não abriria a porta para ninguém e era inútil tentar ligar; não atenderia. Se fosse preciso, desligaria o telefone.

– Eu avisei – triunfou sombriamente David.

À Monique, minha assistente, dissemos que ele estava com uma forte gripe, agravada por uma febre. Ela devia cancelar todos os compromissos e viagens de Claudio até nova ordem e permanecer na Agência para receber as mensagens e transmiti-las para nós.

Em hipótese alguma a imprensa devia saber que Claudio decidira abandonar o canto. Se isso caísse nos ouvidos de um único jornalista, a coisa se espalharia. Seu palacete seria cercado. Maria, a única cuja presença ele ainda suportava, foi encarregada de ficar de olho nele e anotar os recados deixados na secretária.

Minha vida pendia entre a esperança e o desespero.

A esperança.

"Claudio sozinho já é uma cordilheira", dissera o Dr. Leblond. Ele precisava de um tempo para refletir. Como imaginei que pudesse decidir prontamente? Eu percebera uma vacilação em seu riso. A tranquilidade com que me pedira para ir embora, indicando que não me odiava por aquilo. Ele telefonaria. Eu mantinha na bolsa o cartão do médico ao lado do celular.

O desespero.

Sua decisão estava tomada; não em relação ao transplante ou à minha ridícula chantagem. Ele me demitiria. David teria que arranjar outra pessoa para cuidar dele. Eu o teria perdido por nada.

Pensar que ele sofria sozinho era uma tortura para mim. Por dez vezes quase corri até a casa dele para lhe pedir perdão, suplicar-lhe que me aceitasse de volta.

Na quarta-feira, passei na Agência para me encontrar com Monique. Hélène já havia ligado duas vezes, preocupada por não conseguir falar com Claudio na casa dele. Seguindo as instruções, Monique respondera que ele estava doente e não atenderia ninguém por enquanto.

Na manhã do dia seguinte, fui conferir meu passaporte (quando ela mete uma coisa na cabeça, essa aí...). Seria entregue em 24 horas. Então, dirigi até o cais, onde comprei uma casinha de madeira para pendurar em uma árvore, bem como um pedacinho de banha para os passarinhos em dificuldade. Finalmente, numa banca de livros ao lado do Sena, comprei *A dama das camélias*.

Para espairecer!

Eram três horas. Mordisquei um pedacinho de queijo e comi uma maçã. Estava nevando. Enquanto observava o turbilhão de flocos, passava os olhos na história de Arnaud e Marguerite, transformados em Alfredo e Violetta na ópera.

"Você que acredita no amor, Laura, Violetta *é* o amor", gritara Claudio naquela noite em seu jardim.

Fazer o homem para quem vivemos de corpo e alma acreditar que não o amamos para poder libertá-lo. Será isso o amor? O amor exige tanto sacrifício?

Tocaram a campainha. Provavelmente era o vizinho, um velho senhor muito educado, solitário, e às vezes um pouco chato, que volta e meia eu precisava aturar. Fui abrir sem entusiasmo.

E lá estava Claudio.

Um pouco atrás, seu motorista me fazia sinais, indicando que não conseguira impedir seu patrão de subir. Esse homem, na casa dos 50 anos, profissional e educado, devia estar se perguntando em que enrascada se metera. Sem contar os seis andares de escada que tivera que subir.

Só consegui gaguejar.

– Pode ir, Jean-Pierre. Acompanho o Sr. Roman na volta.

Ele não se fez de rogado e desceu, certamente mais depressa do que subira.

Claudio não dera uma palavra.

Fechada a porta, ajudei-o a tirar o casaco e o pendurei no cabide de pé que já vergava sob todas as minhas roupas. Minha cabeça rodava. Não sei se era a felicidade.

Avançando o rosto, as narinas frementes, Claudio esperava que eu o guiasse como durante as viagens ao chegarmos a um lugar desconhecido. Ofereci-lhe meu ombro. Ele se apoiou e demos alguns passos.

– Só tenho um cômodo, que deve representar mais ou menos um terço do seu salão – expliquei. – Incluindo a quitinete e o boxe do chuveiro. As janelas são tipo mansarda e dão para a rua. Na verdade, fabricaram um conjugado juntando dois quartos de empregada.

Demos mais alguns passos.

– Aqui é a minha mesa de trabalho: uma tábua sobre cavaletes. Acima, uma confusão. Segundo minha mãe, sou uma filha muito bagunceira. Livros, papéis, que sempre digo que vou arrumar no dia seguinte, DVDs, CDs e o aparelho de som. Acontece que, de uns tempos para cá, venho escutando muita música clássica, especialmente canto. Fiz grandes progressos no assunto.

O semblante de Claudio relaxara um pouco, mas ele continuava mudo. Sua mão percorreu a mesa, provocando o desmoronamento de uma pilha de DVDs. Eu ri. Ele sorriu. Se enxergasse, descobriria sua fotografia naquela minha bagunça. Um belíssimo retrato, tirado no campo, jamais saberei onde.

O sol brincava com a sombra em seu rosto. Ele estava de óculos escuros e ninguém poderia presumir que era cego. Até mesmo eu, às vezes, tenho a impressão de que ele me olha.

Não admirava que uma assessora de imprensa tivesse em casa a fotografia do artista cuja divulgação ela conduzia. Só que eu roubara aquela foto para meu uso pessoal e colocara no meu "canto normando" junto da família. Ele ficava muito bem ali.

– E isso é para você – falei, entregando-lhe a compra que fizera pela manhã. – É uma casa de passarinho. O telhado é vermelho, as paredes, amarelas e o interior, branco. Vou colocar um pedacinho de banha dentro e pendurar num galho baixo do seu pinheiro, no gramado.

Seus dedos percorreram a casa, esgueiraram-se no interior. Ele a aproximou das narinas e respirou o cheiro da madeira pintada, depois a colocou de volta sobre a mesa. O silêncio perdurava. Minha esperança era tão grande!

– Sob a mesa, há dois banquinhos que puxo quando recebo alguém. Além disso, o único outro móvel é o sofá que me serve de cama. Durmo muito bem nele: é a vantagem de ser pequena. E, durante o dia, três grandes almofadas e eis o sofá.

Arnaud e Marguerite – Alfredo e Violetta na ópera – dilaceram-se na página do livro que deixei aberto quando Claudio tocou a campainha. Fechei-o e o coloquei na mesa. Chegamos ao fim da visita. A menos que eu descrevesse minhas panelas; e só tenho duas.

– Uma última coisa. Na parede há um quadro que aprecio muito. Representa uma árvore bem fina e frágil, que parece querer tocar o céu. Ela se ergue acima de duas imensas árvores copadas e frondosas como arbustos gigantes. *Les grandes espérances*, de Magritte. As grandes esperanças.

– Eu conheço – disse Claudio. – Essa árvore querendo tocar o céu é aquela na qual você sobe. O título é perfeito.

Eu finalmente respirei aliviada. As primeiras palavras de Claudio – e que palavras! Fiz um esforço enorme para não chorar. Tive tanto medo de perdê-lo!

Ele segurou minha mão e me arrastou para o sofá.

– Agora me fale dessa viagem a Nova York – ordenou.

17

— QUER DIZER que correu tudo bem? A senhorita o convenceu? – perguntou, alegre, o Dr. Leblond.

Após deixar Claudio em casa, liguei para o médico. Fiz isso do meu carro, com os olhos grudados nas janelas iluminadas do palacete, onde o deixara sob os cuidados maternais de Maria.

– Acho que sim. Mas ele quer partir agora! É exatamente como o senhor falou, doutor. Ao mesmo tempo que quer esse transplante, ele tem medo. Vai ligar para o senhor. Por favor, apoie-me.

Eu mal podia falar. Era difícil acreditar que conseguira.

– Acalme-se, acalme-se, senhorita "irmã" – ordenou o médico. – Acha que vou desanimá-lo? E veja como confio na senhorita: após sua visita, na segunda, liguei para o meu amigo Miller. Está disposto a cuidar de Claudio assim que ele chegar a Nova York.

– O senhor... quer dizer que ele está preparado para operá-lo imediatamente?

– Muito em breve. Expliquei-lhe a situação. E não esqueça que ele é um fã do nosso cantor. Afirmou que seria uma honra restituir-lhe a visão. Passarei para ele por e-mail o prontuário médico agora mesmo. Ainda são três horas da tarde lá. A propósito, conhece Nova York?

– Nunca fui aos Estados Unidos.

– Eu intuía, imagine só. Se estiver de acordo, vou entrar em contato com o Sr. May. Já nos conhecemos. Pelo que me lembro, é um homem... terrivelmente eficiente. Ele organizará tudo para vocês.

"E quem vai pagar?"

Uma vez que Claudio quer viajar, David não poderá recusar.

– E não deixe de me manter informado. A senhorita fez o mais difícil. Parabéns!

David telefonou por volta das oito da noite. Não fez rodeios e o tom de sua voz era ao mesmo tempo seco, incrédulo e preocupado.

– Estou na casa do Claudio. Soube que alcançou seu objetivo. Está com o passaporte?

– Fica pronto amanhã.

– Então se prepare para viajar já na segunda-feira.

Segunda? Antes que eu conseguisse respirar de novo, ele marcou um almoço comigo para o dia seguinte.

Era o mesmo restaurante, nos Champs-Élysées, onde, em outubro, ele me perguntara se eu queria de fato ser a irmã mais nova de Claudio. Quando cheguei, passaporte no bolso, ele ainda não estava lá. Melhor assim! Isso permitiria que eu me acalmasse um pouco. Desde a véspera estava nas nuvens. Uma noite em claro não melhorara em nada a situação.

O maître me acompanhou até a mesa que ocupávamos naquele outono. Um dia lindo, uma espécie de trégua. E, naquela véspera de primavera, era como que uma esperança. As toalhas imaculadas, aquele balé dos garçons e, do outro lado da sacada, aquele verde e aquelas flores. Uma impressão soberana de estar, por um momento, ao abrigo da marcha do mundo.

Eu não me reconhecia mais.

Onde encontrara forças, audácia, para convencer o grande tenor, entregue aos meus cuidados por David, a passar por uma cirurgia? Como chegara a isso? E porventura acreditara por um instante que iria "alcançar meu objetivo", como dissera seu agente ontem?

Eu colocara Claudio contra a parede, ele cedera e agora eu me sentia paralisada pelo miniterremoto que deflagrara.

"Prepare-se para viajar já na segunda-feira."

– Desculpe o atraso, Laura.

Com o semblante fechado, David instalou-se à minha frente. Recusou o cardápio que o maître lhe apresentava, me interrogando com o olhar.

– Frutos do mar?

Assenti.

– E um uísque com Perrier. Quer beber alguma coisa, Laura?

– Não, obrigado.

O garçom se afastou. David abriu sua pasta 007, retirou um envelope da Air France e o colocou à minha frente.

– Seu Concorde decolará de Roissy segunda-feira às dez e meia. Chegarão ao aeroporto Kennedy às oito da manhã, hora local.

Com o semblante muito sério, continuou:

– Reservei uma suíte no Pierre. Desculpe, no hotel Pierre, não acho que o conheça. É lá que Claudio costuma se hospedar quando vai a Nova York. Pelo menos ele estará em terreno conhecido. Acabo de falar com o Dr. Miller no celular. Claudio deve dar entrada na clínica Bel Air terça-feira e ser operado lá mesmo, na quarta. Isso será confirmado quando chegarem.

Interrompeu-se por alguns segundos.

– Está satisfeita? Não era o que você queria?

O garçom colocou a bebida diante dele, acrescentou a água gasosa, depois se afastou. David esperava minha resposta. Eu engasguei.

– E então? – perguntou ele, cruelmente.

Então, diante de seus olhos questionadores, agarrei seu copo e roubei dois grandes goles do uísque. Não me sentia em condições de falar.

Ele deu uma gargalhada. Em seguida, chamou o garçom, pediu outro uísque e, quando o tinha à sua frente, bateu um copo no outro.

– À primeira mulher que me fez perder o juízo.

O poder de uma risada! A de David desanuviou o ambiente. Sem que eu lhe pedisse, e com bom humor, ele me contou sua movimentada noite da véspera.

Para começar, um ultimato de Claudio, intimando-o a ir imediatamente a Neuilly. No carro que o levava, o telefonema do Dr. Leblond o avisara da decisão do cantor. E, mais tarde, quando estava com o médico, uma ligação do Dr. Miller: o prontuário chegara a Nova York. Seria uma satisfação atender o grande tenor.

Enquanto David me contava a epopeia, a travessa de frutos do mar chegara: ostras e ouriços-do-mar para ele, lagostins e siri para a nor-manda. Sem vinho branco, obrigado. Estava ótimo com uísque.

– Como fez para convencê-lo, Laura?

Não havia mais agressividade no olhar de David, apenas a mesma incredulidade.

– No fundo, Claudio sabia que devia tentar o transplante. Só estava esperando alguém que o estimulasse. Talvez nós tenhamos nos resignado antes da hora.

David balançou a cabeça e degustou algumas ostras em silêncio.

– Ele avisou a mãe; ela chega amanhã – disse-me.

Isso não parecia agradá-lo.

– E o pai? Avisou-o também?

– Eu ficaria espantado se o fizesse.

– O que aconteceu entre eles, David?

O atormentado agente suspirou: essa Laura, com suas perguntas!

– Desde o acidente a mãe vive em luto pelos olhos do filho. O pai tenta sobreviver... longe. Sua profissão permite-lhe viajar bastante, o que facilita as coisas. Esse tipo de tragédia pode tanto unir como des-truir um casal. Nesse caso, destruiu.

– Claudio sofre com isso?

– Sente-se culpado pela separação. Não quer mais ver o pai.

– Coitado, meu Deus!

David ergueu as sobrancelhas.

– Está falando do pai?

– É uma classe que aprecio muito. Você é pai, David?

– Nem pai, nem marido, nem filho: o aventureiro na essência.

Ri. Aquele sujeito gordo de óculos, degustando suas ostras com o dedo mínimo erguido, parecia tudo menos um aventureiro.

– Quanto a você, Laura, se eu pudesse adivinhar quem você era quando fui à Agência...

– Você teria ido embora correndo?

– Garanto que sim!

Após um breve silêncio, ele admitiu:

– E sem dúvida teria sido um erro.

Um ímpeto de amizade me aproximou dele: quer dizer que aprovava minha atitude? Começava a acreditar que era possível? Devíamos todos acreditar para ajudar Claudio.

Claudio voltaria a enxergar.

– Obrigada, David.

Costeletas de cordeiro sucederam os frutos do mar. Todas as mesas haviam sido ocupadas sem que eu percebesse. Os garçons deslizavam de uma para outra, as vozes eram aveludadas, os rostos, sorridentes. Eu me sentia bem. Eu, a pequena, acostumada a bares e outros restaurantes de bairro, nos últimos meses aprendera a apreciar aquele tipo de lugar. E, diante da ideia de que talvez nunca mais pusesse os pés aqui, meu coração doía.

"Ele não precisará mais de você."

– Quero lhe pedir uma coisa – disse David, enquanto tomávamos nossos cafés, acompanhados de um prato de biscoitinhos de dar inveja ao confeiteiro de Villedoye. – Poderia dormir em Neuilly no domingo à noite? Vocês têm que estar no aeroporto de Roissy segunda-feira às nove da manhã. Como você sabe, Claudio não é exatamente um madrugador. Com você lá, ficarei mais tranquilo.

– A mãe dele não estará lá?

Seu semblante fechou novamente.

– Convenci a Sra. Roman a retornar para Bordeaux no domingo. Você irá substituí-la, se puder.

– Tudo bem. Com armas e bagagens.

Domingo. Depois de amanhã? A angústia comprimia meu peito. Que armas, Laura? Aproximei-me de meu aventureiro.

– David, viaje conosco, por favor. Isso mudaria tudo para mim. Acho... que estou com um pouco de medo.

Ele não respondeu. Pela primeira vez eu ousava confessar minhas dúvidas. Seria porque não o temia mais?

Ele sorriu amistosamente, mas sua recusa foi categórica.

– Não tenho sua fé, Laura. E Claudio sente tudo. Eu correria o risco de fazê-lo perder a bela confiança que você lhe infundiu. Vou me limitar a acompanhá-los até Roissy.

18

Eu estava pendurando minha casa de passarinho no galho mais baixo do pinheiro, no gramado, quando uma mulher de uns 60 anos, casaco de pele jogado nos ombros, apareceu na entrada do palacete.

– Mas o que está fazendo? – interpelou-me ela. – E, em primeiro lugar, quem é você?

Coloquei o pedacinho de banha dentro da casa, peguei minha mala que eu deixara ali perto e juntei-me à mãe de Claudio no alto dos degraus da escadaria da entrada.

– Sou Laura Vincent.

Ela não me estendeu a mão. Olhava para mim dos pés à cabeça com um ar incrédulo. Era óbvio que não me imaginara assim.

Alta e magra, ela devia ter sido bonita nos áureos tempos. Hoje, seu rosto estava devastado, fazendo lembrar um desses rostos da Virgem, com Cristo morto em seu colo: uma *Pietà*.

– E isso? O que é isso? – perguntou ela, apontando para a casinha.

– É para os passarinhos: um presente que prometi a Claudio.

– Mas ele não poderá vê-lo!

– Espero que veja, senhora.

Ela me deu as costas.

– Estamos congelando! Vamos entrar.

Utilizei a minha chave para abrir a porta. Uma outra fica escondida embaixo dos degraus da entrada para o caso de Claudio esquecer a sua. Sua mãe conhecia o esconderijo?

A porta do salão estava fechada. O silêncio era absoluto. A mala da

Sra. Roman estava pronta no hall. Ela dobrou o casaco de pele e o colocou em cima da mala: longos pelos cinzentos e brancos de lobo. Tirei a jaqueta de lã e as botas... David me ligara naquela manhã para avisar que estava fazendo muito frio em Nova York e que eu devia levar roupas apropriadas. Eu só não tinha o gorro próprio para esqui.

– Meu táxi vem me buscar daqui a uns vinte minutos. Vou lhe mostrar seu quarto – disse a mãe de Claudio.

Ela subiu a escada na minha frente. Usava salto alto e um tailleur elegante. Eu conhecia o quarto: claro, espaçoso, com banheiro. Bonitos lençóis floridos enfeitavam a cama. O pequeno buquê de margaridas só podia ser obra de Maria. As duas janelas davam para o jardim. Avistei minha casinha no galho do pinheiro. Claro, esperar março para pensar em salvar passarinhos sem dúvida era tardio, mas ela serviria para o futuro.

Eu ainda estaria aqui para desfrutar?

Coloquei minha bagagem numa cadeira. A Sra. Roman me seguira.

– Claudio está descansando – informou-me. – Pediu para não incomodarmos. Aliás, já nos despedimos.

Ela perambulou um pouco pelo quarto antes de vir na minha direção.

– E quando será a cirurgia?

– Provavelmente nessa quarta-feira: teremos a confirmação ao chegar.

Ela balançou a cabeça, os lábios crispados. Será que ela sabia que havia sido eu quem influenciara na decisão de seu filho? Ela me odiava? "Ele não poderá vê-lo", acabava de dizer a respeito do meu presente. Ela não acreditava e seu nervosismo impregnava o aposento com ondas malignas. Agora eu compreendia por que David preferira que ela ficasse pouco tempo. Compreendia também a decisão do pai de respirar outros ares.

– Eu queria ir junto, mas ele recusou – queixou-se ela, num tom amargo. – Recusou também que o ajudasse a arrumar a mala. Disse que você estava acostumada.

– Realmente fizemos um bocado de viagens nos últimos tempos – respondi.

Novamente ela me olhou como se não compreendesse como eu pudera ter sido escolhida para cuidar de seu filho.

Deixei o quarto com autoridade. Estava impaciente para que ela partisse. Ela veio atrás de mim.

– Devo lhe dizer que liguei para o pai dele – anunciou desafiadoramente, enquanto descíamos a escada. – Julguei que, apesar de tudo, ele tinha o direito de ser informado.

Apesar de sua fuga? De sua covardia? Conversara com Claudio? Em que estado eu iria encontrá-lo?

Chegávamos ao hall quando tocaram no portão.

– É o táxi – disse uma voz masculina no interfone.

A Sra. Roman já vestira o casaco. Pegou a mala.

– Quer ajuda?

– Não precisa – respondeu ela, secamente. – Até mais, senhorita.

Olhei-a atravessando o jardim. Aquilo não era uma mãe! Perante a dor do filho, uma mãe abre os braços. Ela apertava a sua contra o próprio peito como um bem precioso.

Fechei a porta com alívio.

Claudio apareceu no alto da escada.

– Ligar para o meu pai... – rosnou ele. – Mas por que ela tem que se meter?

Meus tesouros infantis mais queridos eram as bonecas russas que Agathe me dera de presente de Natal. A menor, muito bem escondida e protegida, era eu.

No Serguei, restaurante para o qual David nos convidara nessa véspera de viagem, as matrioscas eram homenageadas, em todos os tamanhos e com enfeites variados.

O local parecia uma cabana de luxo. Reinava ali uma atmosfera ao mesmo tempo alegre e íntima. As paredes de madeira eram cobertas de quadros, os buquês de velas sobre as mesas compunham a única iluminação, um grupo de músicos de coletes vermelhos, calças pretas e botas de couro passava com seus violinos entre os clientes.

Fora Claudio quem escolhera aquele lugar. Para mim.

– Já comeu caviar, Laura?

– Só do falso.

– Pois bem, para o verdadeiro, é agora ou nunca.

Tínhamos uma tigela cheia, encaixada num ninho de gelo: caviar "na colher"; mais fino, impossível.

Os grãos eram cinzentos e untuosos, tinham um gosto de mares distantes, de aventura. Gostei... e só. Nunca teria ousado confessar que preferia os camarões da minha aldeia, pescados de dia e servidos no bafo com um vinhozinho branco gelado. É que, na nossa terra, os camarões são sempre sinal de festa, então, obrigatoriamente, eu era parcial.

Nosso jantar estava longe de ser uma festa.

Assim que chegou, Claudio pedira uma garrafa de vodca e estava passando dos limites. O olhar de David procurava me tranquilizar. Eu o detestava por ter se recusado a me acompanhar naquela empreitada.

Amanhã, a esta hora, eu estarei em Nova York.

Com risadas estrepitosas, Claudio divertia-se fazendo trocadilhos com a palavra "ver". "Por que ele não vai ver se estou ali na esquina?"

Eu não saberia dizer o nome dos pratos que chegaram após o caviar. Lembro-me dos três violinistas, que de repente nos rodearam. Claudio pôs-se de pé e entoou canções russas e ciganas cheias de nostalgia, amor e entusiasmo, que, ao mesmo tempo em que nos partem o coração, nos animam a bater palmas e a aplaudir a vida, apesar de tudo.

Cantava como se fosse a última vez, naquela noite ou nunca, e sua voz parecia brotar das profundezas da terra que nos carrega e da esperança que às vezes nos arrasta.

A sala prendia a respiração, os garçons não serviam mais, seu nome corria de mesa em mesa.

Lembro-me de ter visto David desviar os olhos para chorar.

O fiel Jean-Pierre esperava-nos à porta do restaurante. O trajeto até Neuilly foi feito num silêncio pesado. Bêbado, Claudio divagava. Nós três tivemos que nos juntar para tirá-lo do carro, ajudá-lo a atravessar o jardim e subir até o quarto. Ele foi posto na cama. Quanto ao banho, paciência.

Antes de cair no sono, ele apontou o dedo para mim e disse, com uma voz pastosa, daquelas que faria qualquer uma perder a vontade de amar:

– Tudo isso é culpa dessa idiotinha.

Senti vergonha por causa do motorista.

19

Q UANDO ROMPEMOS a barreira do som, acima do Atlântico, quase
não sentimos. Um zumbido profundo e regular percorreu as en-
tranhas do belo pássaro, uma música suave nos envolveu como um véu
protetor, enquanto as comissárias atendiam aos pedidos. Eu, Laura,
voei num Concorde.

Em Roissy, após termos nos desvencilhado de nossas bagagens e
agasalhos pesados, fomos recebidos num salão suntuoso, onde nos ofe-
receram iguarias delicadas e bebidas variadas. Numerosos passageiros
se conheciam. Um pequeno mundo de *habitués*.

Um belo homem, de uns 50 anos, acompanhado por uma jovem deslumbrante, veio cumprimentar Claudio.

– Caro amigo, eu não sabia que você ia cantar em Nova York.

– É apenas uma viagem de lazer – respondeu ele.

Ele não julgou apropriado me apresentar.

Antes de se despedir, David colocou na minha mão um embrulhinho
em papel de presente. Esperei a decolagem para abri-lo. Era um relógio
com mostradores múltiplos: num deles, a hora francesa, no outro, a americana. Eram onze horas em Paris, cinco da madrugada em Nova York.

Eu não costumava viajar muito de avião, ainda mais para tão longe.
Imaginava o Concorde largo, mas ele era estreito como um foguete.
Pouco espaço para as pernas compridas do meu cantor. Atrás dos
óculos escuros, ele estava com os olhos fechados. Praticamente não me
dirigira a palavra desde que acordáramos e só aceitou um café antes de
deixar Neuilly, mesmo que Maria, que viera de madrugada, lhe ofere-
cesse uma baguete tão quente que chegava a queimar os dedos.

"Essa idiotinha..."

Ele não gosta de mim. Sem dúvida, naquele instante em que o medo prevalecia sobre a esperança, ele me detestava. E se ele mudasse de ideia na última hora? Se recusasse a entrar na clínica?

Catástrofe!

"Você fez o mais difícil", disse Leblond. Ele estava enganado: o mais difícil estava por vir.

Ele recusou a taça de champanhe e a bandejinha com a comida. Aceitei e comi tudo, envergonhada demais para saborear a salada de lagosta, o cordeiro de leite e a torta de chocolate.

Alguém nos esperava no aeroporto para nos conduzir ao hotel. O hotel Pierre e a clínica Bel Air estão localizados na Quinta Avenida, mas muito distantes um do outro. Nem pensar em ir a pé.

Eu estudara cuidadosamente o mapa da cidade. Isso virara uma mania: familiarizar-me com os lugares aonde iria passear com Claudio, se ele assim quisesse.

Enquanto isso, apertava contra o peito minha preciosa bolsa. Passaportes, cartões de crédito, celular, diversos endereços e números de telefone: de certa maneira, meu kit de sobrevivência.

Debrucei-me para admirar a paisagem nas janelas e perdi o ar: sim, a terra era efetivamente redonda. Nosso foguete voava tão alto que eu podia garantir que Galileu não se enganara.

Ao sair do avião, uma recepcionista nos esperava com uma cadeira de rodas. Quando quis instalar o passageiro ali, achei que ele ia estrangulá-la. Sem saber o que fazer, ela colocou na cadeira nossas bagagens de mão.

Quando deixamos a alfândega, um motorista nos aguardava. Um negro muito atencioso, vestido como um príncipe. Fazia oito graus abaixo de zero, David estava certo. Eu, em minha jaqueta de lã, e Claudio, em seu casaco de couro sobre um suéter de lã grossa, estávamos prontos para esquiar.

Tudo me pareceu multiplicado por dez no Novo Mundo: o tamanho dos carros, as autoestradas, os anúncios luminosos, os prédios e até o ar que eu respirava.

O hotel Pierre dava para o Central Park. Ao longo da calçada, uma fileira de carruagens, atreladas a cavalos de cujas narinas saíam vapores de condensação do ar, esperava o cliente. Um carregador precipitou-se para o porta-malas da limusine. Um porteiro de libré, quepe agaloado e luvas brancas empurrou a pesada porta giratória.

Não era só a porta que girava: a cabeça da "pequena" também.

Um homem atravessou o saguão, vindo ao nosso encontro. Colocou a mão no ombro de Claudio.

– Sr. Roman, bem-vindo *at home*. Fez boa viagem? Sabia que seu pai nos honrou recentemente com sua visita?

Ele se voltou para mim.

– Srta. Vincent, não é? – cumprimentou-me, com um sorriso simpático.

Eu me senti lisonjeada porque o gerente do hotel registrara meu nome.

Claudio ocuparia a suíte de sempre no décimo sétimo andar. Duas mensagens haviam chegado para ele no dia anterior, o recepcionista lhe entregou num envelope. Depois fomos conduzidos aos apartamentos, onde nossas bagagens já se encontravam.

Dois quartos, cada um com seu banheiro, davam para um salão espaçoso, onde uma cesta de frutas e um grande buquê de rosas nos esperavam. Da sacada via-se o parque coberto de granizo. O azul do céu estava irretocável: um espetáculo deslumbrante. Eu queria tanto estar feliz para aproveitar.

De quando em quando sirenes ressoavam. Eu ainda ignorava que elas faziam parte da música da cidade.

Sem ajuda nenhuma, Claudio caminhou até uma poltrona, onde jogou seu casaco. Quando nos vimos a sós, ele me estendeu o envelope.

– Leia as mensagens para mim.

Uma era do Dr. Miller. Ele esperava que tivéssemos feito boa viagem e nos dava as boas-vindas a Nova York. Aguardava nossa ligação.

A segunda era um fax do Sr. Jean Roman dirigido ao filho. Quatro palavras: "Penso muito em você." E o número do celular.

– Ligue para o Miller – ordenou Claudio.

– Quer falar com ele?

– Não fui eu que organizei tudo, que eu saiba...

Não me xingara de "idiotinha", pelo menos. Coloquei no viva-voz e disquei o número indicado na mensagem. Em pouco tempo o médico estava na linha.

– Srta. Vincent, é uma grande satisfação ouvi-la!

Assim como o gerente do hotel, ele falava um francês perfeito. Sua voz era jovem e entusiasmada. Pensei: "A voz de um vencedor." De pé em frente à sacada, o rosto tentando agarrar a paisagem, Claudio parecia tentar respirá-la.

O Dr. Miller confirmou a consulta do dia seguinte: antes das onze horas em sua clínica. Claudio seria operado na manhã de quarta-feira.

– Diga-lhe que uma córnea magnífica o aguarda – concluiu ele, com simpatia. – Tudo correrá bem.

Não restava dúvida de que o estado de ânimo de seu futuro paciente lhe havia sido comunicado pelo Dr. Leblond junto com sua ficha médica.

Gaguejei alguns agradecimentos antes de desligar. Eu tinha um sorriso no coração: uma córnea magnífica. A maneira como ele dissera aquilo! Quanta fé!

Juntei-me a Claudio perto da sacada.

– Você ouviu?

Ele não respondeu. Seus olhos estavam fechados, o rosto, sofrido. Claro que ouvira. A esperança reforçava o medo. E tudo que eu queria era poder tomá-lo nos braços como uma criança e proporcionar-lhe a lua. E que ele acreditasse nisso!

– Que horas são? – perguntou ele.

– Pouco mais de onze horas.

Onze e quinze em Nova York. Já fim da tarde em Paris.

– Quer uma fruta? – ofereci. – Há de todos os tipos numa cesta e você não comeu nada desde ontem.

O caviar verdadeiro...

– Prefiro que me leve até meu quarto. Vou descansar.

Levei-o ao quarto para o qual haviam levado sua bagagem. A cama era imensa, ele caiu nela sem me permitir retirar a colcha de seda dourada. Não ousei descalçá-lo.

Comecei a abrir sua mala para desfazê-la, mas ele me deteve. Ouvia tudo.

– Mais tarde.

Atravessei o salão e passei para o segundo quarto, idêntico ao dele, deixando todas as portas abertas para o caso de ele me chamar.

Havia uma garrafa d'água sobre a mesa. Bebi no gargalo com sofreguidão. Minha mente vacilava. Eu me sentia fora de mim, desconectada. O Concorde aterrissara. Sem mim.

Amanhã, onze horas...

Uma córnea magnífica.

Ele resistiria até lá?

O quadro de Magritte surgiu na minha cabeça, a árvore de As grandes esperanças. "É aquela na qual você sobe", dissera Claudio. Talvez! Mas já viram algum passarinho sentir vertigem?

Retirei a colcha dourada antes de desabar na cama.

Apaguei.

20

O TOQUE DO celular me despertou. Onde estou? Durante um breve momento, não sabia mais. A cama imensa e os travesseiros retangulares me fizeram lembrar: no hotel Pierre.

E era David do outro lado da linha, uma ligação transatlântica! Meio-dia aqui, seis horas lá.

– E então, como estão indo? – perguntou em voz baixa, como se temesse que Claudio ouvisse.

Pela porta aberta, eu podia ver o salão vazio e o buquê sobre a mesa.

– Estamos no hotel. Claudio está dormindo. Acho que também dormi.

– Fez bem. Notícias do Dr. Miller?

– Sim. Claudio dará entrada na clínica amanhã. Será operado quarta-feira bem cedo.

Em vão reviramos céus e terras para alcançar nosso objetivo e quase chegamos lá, porém há palavras que ainda pronunciamos com hesitação, sem acreditar completamente nelas. David teria percebido a dúvida na minha voz?

– Não está sendo muito difícil, Laura?

– De jeito nenhum. Uma delícia! Afora isso, estou morrendo de medo; tenho certeza de que ele vai recuar, escapar. E que no fim...

– Vamos, vamos – interrompeu-me David. – Não me diga que está perdendo o ânimo, Laura!

Eu ri para não chorar.

– Segundo Miller, a córnea é de primeira classe.

– Está vendo!

– Obrigado pelo relógio, David. É deslumbrante. Não tiro os olhos dele. Quer falar com Claudio?

– Não, não. Deixe-o dormir. E ligue para mim quando quiser. O tempo todo, se preferir. Coragem, irmã!

A irmã desligou e uma lágrima estava prestes a ser derramada... Era melhor comer alguma coisa.

Passando pelo salão, quase perdi a respiração: o agasalho de Claudio não estava mais sobre a poltrona. No entanto, estava certa de tê-lo visto ao ir para o meu quarto havia pouco. Quase parara para pendurá-lo e depois desistira, pois estava muito cansada.

Com o coração disparado, corri até o quarto.

Claudio não estava mais em sua cama. Tampouco no banheiro. Vi seu celular afundado no travesseiro. Para quem ele ligara? Para onde tinha ido, meu Deus? Meu pior receio se materializara: ele fugira. Não daria entrada na clínica na manhã seguinte.

Peguei depressa minhas botas e meu casaco. Uma música ambiente anestesiante inundava o corredor. O elevador levou um século para chegar e, quando finalmente descemos, parecia-me que parara em cada um dos dezessete andares. O ascensorista me olhou com curiosidade.

Nenhum homem com barba, óculos escuros e casaco de couro no saguão. No bar? No restaurante do hotel? Num dos numerosos salões? Por onde começar? "Pelo menos ele estará em terreno conhecido", dissera David. Mas, se pegara o casaco, não teria sido para sair? Ah, Claudio, por que me faz sofrer assim?

Corri até a recepção.

– Viu o Sr. Roman passar?

Eu fizera a pergunta em francês. O funcionário respondeu em inglês:

– O Sr. Roman saiu, senhorita. Pediu que o levassem até o lago.

Que alívio!

– Ao lago? Há quanto tempo?

– Cerca de meia hora atrás.

– Pode me ensinar a chegar lá? – E acrescentei: – O senhor compreende, ele é cego.

Como se ele não soubesse. Mas é que eu precisava tanto de ajuda...

– Naturalmente, senhorita.

O funcionário passou para o outro lado do balcão, me acompanhou até a porta giratória e me apontou o parque.

– A senhorita atravessa e segue em linha reta, depois vira à direita. Não tem erro. Quer que eu a acompanhe?

– Não, obrigado, já entendi.

Saí pela porta giratória. Fiz um esforço para não correr para não chocar o digno porteiro.

Sob um céu branco, azul e glacial, o parque cintilava. Era a hora do almoço. Uma multidão colorida ocupava as alamedas: peles, peliças, casacos, moletons. Patins, patinetes, bicicletas, tênis. Tudo rodando, correndo ou caminhando. Muitos lanchavam: sanduíches, cachorros quentes, sonhos.

Nos gramados... colônias de esquilos. Quase tantos quanto os pombos em nosso país. Cinzentos como eles, confiantes, aceitando comida.

"Segue em linha reta, depois vira à direita. Não tem erro."

Lá estava o lago.

Arrastadas pela música de um grupo de negros em trajes exuberantes, pessoas de todas as idades, especialistas ou iniciantes, patinavam.

Claudio estava ali.

Eu não sentira o frio, mas agora ele me queimava. Demorara a observar a mágica do espetáculo, uma imagem belíssima de livro infantil, que me deixara boquiaberta.

Com os olhos escondidos atrás dos óculos escuros, o rosto voltado para os patinadores, Claudio estava sentado, sozinho, num banco. Eu me aproximei sem pressa e ocupei o lugar ao seu lado.

– Sou eu, Claudio. Quando vi que não estava mais no quarto, senti muito medo.

Não procurei mais esconder os tremores em minha voz. Estava cheia de fingir, de dar uma de nobre, de forte, de mãe, de irmã, de guia e de Espírito Santo, quando já não tinha mais forças nas pernas nem na mente. E, quando sua mão procurou a minha, agarrei-a vigorosamente. Esquecemos as luvas: dois pedaços de gelo que se uniam.

– Mau tempo para os pardais – disse ele.

A gratidão me sufocava. Ele se dera conta? Finalmente compreendera que não era o único a sofrer? Que a lua é belíssima, mas de toda forma um pouco distante?

Observei aquele rosto que o sofrimento, ou a cólera, deixava em paz por um instante. Eu amava loucamente aquele homem.

– Antigamente eu patinava nesse lago – contou ele, com uma voz nasalada, o ouvido concentrado no turbilhão alegre da festa. – Quando meu pai vinha a Nova York para trabalhar e eu estava de férias, ele nos trazia aqui, minha mãe e eu. Ela adorava o Pierre. Eu pensava que se tratava de um homem e o chamava de Sr. Pierre. "Quando vamos à casa do Sr. Pierre?" Quanto ao meu pai, era Deus para mim.

Ele ergueu o rosto para o céu, de olhos fechados. O que ele via?

– Liguei para ele ainda há pouco do hotel. Imagine você que ele conhece o Dr. Miller. Também acredita no milagre.

Com um suspiro, não sei se de dúvida ou de esperança, ele se virou em minha direção e contou:

– Ele me pediu desculpas.

– E o que respondeu?

– Quem viver verá.

Quem viver verá.

21

Eu não temia mais que ele fugisse.

Deus, seu pai, a supercórnea do Dr. Miller e eu havíamos tornado possível a vitória da esperança sobre a angústia.

De volta ao hotel, não hesitei em reservar, na frente dele, o carro que nos levaria no dia seguinte à clínica Bel Air.

Eram duas horas quando nos vimos em nosso apartamento. Em Paris, oito da noite. Não admirava que Claudio estivesse com certa fome, já que não comia nada havia quase 24 horas.

Íamos respeitar o fuso horário e esperar a hora do jantar ou viver a nossa vida? Optamos por pedir serviço de quarto.

– Seus pais sabem que você está em Nova York? – perguntou-me, antes de fazer o pedido.

– Claro que não! Segredo profissional. Acham que estou em Paris. E, se pudessem ver essa suíte real, cairiam duros. Eles quase nunca se hospedam em hotéis. Nas férias, é a família ou o camping.

– Então vamos convidá-los para escolher o cardápio – declarou Claudio.

Tinha tudo ali e estava escrito em diversas línguas. Li em inglês, a fim de exibir meu sotaque normando.

Para começar, meu pai certamente quereria uma sopa, então escolhemos uma sopa Aurore de tomate, com creme e *croûtons*. Aurore, eu gostava desse nome!

Quanto ao prato principal, eu conhecia minha mãe: ia querer experimentar algo típico. Papai aceitaria, fazendo antes uma careta e chamando-a de "menina do Norte". Em nome deles, Claudio elegeu *spare ribs*, costeletas de porco ligeiramente caramelizadas e servidas com arroz integral.

Uma refeição respeitável não termina sem um queijo, então degustamos um camembert curioso, com um gosto completamente diferente dos que experimentamos em Villedoye. Claudio afirmava que era de avestruz. Rimos muito.

Para não sair da família, encarreguei-me da sobremesa: um carpaccio de abacaxi coberto com sorvete de baunilha.

E aquilo era um luxo! Pois, em nossa cesta de frutas, reinava um abacaxi que não nos passara pela cabeça tocar. Sem sorvete de baunilha, nem pensar!

A refeição foi acompanhada por um Bordeaux.

O pedido chegou sob campânulas de prata; comemos sem pressa e deixamos a mesa em torno das cinco horas: onze da noite na França.

O cansaço começava a se manifestar. Eu mal conseguia manter os olhos abertos.

Enquanto tiravam nossa mesa, nos instalamos diante da sacada e Claudio me pediu que lhe descrevesse a paisagem.

Com a noite que se anunciava, ela parecia ainda mais deslumbrante. O poente dourava as árvores branquejadas do parque. A comportada fileira de prédios claros, com seus toldos coloridos na fachada, presidia ao lento deslizar dos navios pela Quinta Avenida. Eu não imaginara a cidade tão bonita, densa, altaneira. Quanto às sirenes, já me acostumara, era como nos filmes. Aliás, só podíamos estar num filme.

Prefiro os que têm final feliz.

David ligou e Claudio quis falar com ele: tudo se desenrolava como planejado. Ele não queria que lhe telefonassem quando estivesse na clínica e, durante o procedimento, eu o manteria informado.

Sua mãe também ligou. Enquanto Claudio respondia com uma voz breve e crispada, eu revia o rosto da *Pietà* e meu mal-estar voltava.

Ele desligou logo.

– Ainda tenho uma coisa a lhe pedir – falei.

Ele se virou para mim, o rosto cansado.

– Dessa vez é só um pedacinho da lua. Eu gostaria que você perdoasse seu pai. Um pai que acredita em milagres, isso é insubstituível!

– Será que também deseja que eu convide vocês dois para a estreia da *Traviata*?

– Oh, seria fabuloso! A estreia... E num camarote próximo à orquestra, por favor.

Mais uma vez, ele deu aquele riso trêmulo que me oferecera quando eu lhe pedira a lua inteira e tive a impressão de que eu triunfara sobre sua mãe.

Um pouco mais tarde, duas negras, em uniformes cor-de-rosa, vieram fazer nossas camas, passando de um quarto a outro, de um banheiro a outro. Após trocarem as toalhas, que mal foram usadas, nos desejaram boa noite e se retiraram.

– Também tenho um pedido a fazer – disse Claudio. – Pode lavar meus cabelos sem jogar muito xampu nos meus olhos?

– Você não poderia ter escolhido alguém melhor! Graças a Agathe, tem uma profissional.

Fiz meu grande homem ajoelhar-se diante da banheira, coloquei uma toalha em torno de seu pescoço, peguei a mangueirinha do chuveiro e me diverti.

"Mais forte, mais forte", ordenava minha irmã. Claudio se entregava sem dizer nada. Acho que estava gostando.

Em seguida, enquanto ele tomava banho, fui ao meu quarto e fiz o mesmo.

Talvez fosse nossa última noite juntos. Na água tépida com bolhas coloridas, rememorei todas aquelas que tínhamos vivido. Aquelas em que ele ia me visitar, devorado pela angústia, ficando às vezes até o amanhecer para partilhar sua revolta comigo. Aquelas em que ele me contava seus amores com Hélène ou outra diva "que trepavam bem", isso mesmo, é assim que devemos falar, Laurinha, seu "fazer amor" é uma caretice. Aquelas noites em que eu devia, rindo, repelir seus assédios que não passavam de "faz de conta" para me fazer reagir, pois ele jamais insistia. Exceto na famigerada noite da *Traviata*. "E o meu namorado, o que pensará disso?", eu perguntava às vezes. "Prometo nunca contar nada para ele", Claudio respondia.

Era meia-noite e meia na França quando saí da água e, no entanto, perdera o sono. Vesti minha camiseta, meu moletom e as pantufas oferecidas pelo "Sr. Pierre". Não coloquei o relógio e fui ver como estava o meu tenor preferido.

Nenhuma luz estava acesa em seu quarto, que a escuridão começava a invadir. De pijama e robe de chambre, ele estava sentado na beirada da cama como um garotinho triste esperando a mãe vir lhe dar boa-noite e meu coração derreteu de ternura.

– Laura?

– Estou aqui, Claudio.

Ele estendeu a mão na minha direção. Fui juntar-me a ele.

– Fique – implorou, baixinho.

– Claro.

Sentei-me ao seu lado. Ele inspirou profundamente e disse:

– Você está com um cheiro bom.

– É uma água-de-colônia chamada Elle. Acho que cheira um pouco a Natal.

Pousei minha cabeça em seu ombro. Ele me enlaçou imediatamente.

– Ah, Laura, Laura...

Quando sua boca procurou meu rosto e passeou pela minha face, um pouco aqui, um pouco ali, fiquei surpresa. Sua barba era sedosa e me fazia cócegas. Meu primeiro homem de barba.

Tudo tem uma primeira vez.

Seus lábios deslizaram na direção dos meus, com prudência, hesitando, e eu os abri para recebê-lo, respondendo ao beijo com que tanto sonhara, e tinha a impressão de mergulhar, de afundar lentamente num abismo de prazeres. E, quando suas mãos cobriram meus seios por cima do tecido da camiseta, consenti.

– Pequeninos – constatou ele, com uma voz embaralhada. – Um peitinho, rijo, empinado.

Suas mãos esgueiraram-se por baixo da minha camiseta. Eu me escutei suspirar. Fechei os olhos e, enquanto ele me acariciava, escrevi tudo em mim: suas carícias, sua respiração mais curta, sua voz de lobo. Eu escrevia na minha memória, em frases legíveis apenas para mim, como no meu diário antigamente, quando temia que Agathe, a bela, descobrisse, pois ali eu revelava tudo. Tive de esperar essa noite americana para escrever minhas frases mais belas e ardentes: um capítulo que eu precisaria de duas vidas para reler.

– Levante-se, minha querida.

Escrevi "minha querida", levantei-me para ir me alojar entre suas pernas abertas e vi que ele também me desejava.

Tirei a camiseta, abaixei meu moletom, sob o qual nada havia, e ele leu meus quadris, meu ventre e minhas coxas com suas mãos, sem ir mais longe.

– É ótimo isso, um formato pequeno! – constatou ele, e rimos juntos aquele riso pesado que anuncia as tempestades.

Um pouco mais tarde, foi sua vez de se levantar para se despir e apreciei o pelo em seu peito, sua barriga lisa, suas pernas fortes; gostei de tudo, foi minha vez de acariciá-lo e não demorei a ir mais longe.

Na imensa cama em que caíramos enlaçados, eu já não era a irmã mais nova ou a guia, era apenas uma mulher ardente que o chamava para finalmente capturá-lo, fazê-lo meu, fazê-lo nós.

– Como você me aperta – rosnou ele, movendo-se dentro de mim. – Como é gostoso amar você.

Eram as palavras do corpo, as declarações efêmeras do gozo. Segurando sua mão e misturando meus dedos aos seus, antes que ele me carregasse, respondi-lhe com as da alma.

Depois, fiquei pequenininha, discreta, no meu canto da cama para que ele me guardasse e eu a ele.

Até amanhã.

22

— Só me faltava essa, mudaram minha filha! – exclamou a voz carinhosa e rouca do meu pai. – Desde quando ela está de pé às seis da manhã?

– Acontece que sua filha estava sem sono e com vontade de falar com alguém. E quem a gente tem certeza de que acorda de madrugada a não ser o padeiro?

Seis horas no forno.

Meia-noite na clínica Bel Air.

Meu pai desatou a rir. Na porta do lavabo, onde me refugiei para telefonar sem acordar Claudio, via seu rosto sereno. Ele ficara tão nervoso o dia inteiro que o anestesista lhe receitara um ansiolítico para pegar no sono. Meu leito de acompanhante fora montado próximo ao seu.

– Como está o tempo na sua casa? – perguntou papai.

– Mais para fechado. E aí?

– Mais para aberto. É a Normandia! Está pensando o quê?

Rimos. Perguntei:

– O que você está assando neste instante? Está cheirando tão bem!

– É cheiro de novidade: uma baguete com cereais. Para os que gostam de pão crocante é uma beleza.

– Vou pegar algumas para o meu café da manhã.

– E por que não vem? Duas horas de estrada, não é um oceano para atravessar.

Sim, papai, havia um oceano para atravessar. E, ouvir sua voz tão perto mas tão longe, fazia bem e mal ao mesmo tempo.

Esse dia que chegava ao fim fora duro, cheio de altos e baixos.

Altos: a visita do Dr. Miller, sua confiança, sua descrição entusiasmada da córnea bela e transparente que Claudio ia receber.

– E quem me doa essa maravilha?

– Não temos o direito de lhe dizer, mas, se a família manifestar o desejo, poderá lhe escrever para agradecer. A carta será enviada. E é você que vai escrevê-la, *my friend*!

Sorriso trêmulo de Claudio.

Ainda altos: seus dedos entrelaçando os meus como se para me lembrarem para sempre de um instante perfeito de fusão total.

Baixos: os poucos exames pelos quais Claudio teve que passar – exame dos olhos, de sangue, eletrocardiograma. E não quiseram, como no aeroporto, passeá-lo por toda parte de cadeira de rodas? Ele ameaçou várias vezes nos deixar plantados ali.

"A senhorita terá de acompanhá-lo até a porta da ala cirúrgica", me avisara o Dr. Leblond.

Aproximando-se o momento decisivo, ele parecera preferir desistir da esperança, preparar-se para um possível fracasso.

– E essa nova baguete crocante, papai, agrada?

– Há quem diga que ela lembra a guerra, quando faltava trigo e colocavam qualquer coisa na farinha. Porém, bem quentinha, com uma boa manteiga fresca, você me dirá o que achou. E o que a mocinha tem de bom para fazer hoje? – indagou ele.

Eu observei os cabelos escuros de Claudio sobre o travesseiro: durma, meu amor.

– A mocinha está cuidando de seu cantor. Você se lembra do que ele disse? Pão e música.

– O pão antes da música... Espera! Parece que tem alguma coisa mexendo lá em cima. É sua mãe acordando. Quer lhe dizer alguma coisa?

– Não, obrigada, papai, era com você que eu queria falar.

Em sua cama, Claudio se mexeu, sua mão tateando o lençol.

– Vou deixá-lo agora. Desculpe atrapalhar, mas um pai é importante.

– Uma filha também é importante. E ainda não sabe que nunca me atrapalha?

Voltei para o meu cantor e peguei sua mão. Ele logo se acalmou.

Música e pão, alimentos indispensáveis à vida. Por um instante, tive os dois ao mesmo tempo.

Às sete e meia, uma enfermeira apareceu para dar a Claudio um pequeno comprimido azul destinado a "apagá-lo" antes da cirurgia.

Diante do estado de angústia do paciente, o Dr. Miller decidira que uma anestesia geral seria aplicada, quando, normalmente, uma local era suficiente.

Estávamos acordados fazia tempo: uma e meia da tarde em Paris. Novamente, eu não parava de olhar o relógio. Claudio tomara uma chuveirada e se barbeara. Do lado de fora, nascia mais um dia branco com esquilos e patinadores.

A enfermeira voltou uma hora depois, trazendo um avental azul que fechava nas costas com um laço, pantufas da mesma cor e uma touca. Claudio vestiu tudo. Queixou-se de sede. Teria que esperar até mais tarde. Até depois. Em seu pulso direito, a enfermeira prendeu uma fita com o nome como fazem com os recém-nascidos para não confundi-los.

Contive o riso. Como sedutor, com sua touca de elástico, Claudio podia emplacar: um bebezão de barba digna dos Irmãos Marx.

A maca veio pegar meu amor, meu amante de uma noite, às nove e meia, empurrada por um negro alto com sorriso salvador. Ele subiu um cobertor até o queixo de seu paciente e saímos para arrancar a lua do céu.

Percorremos corredores sem fim. Aqui e ali, luzes vermelhas proibiam a entrada nas salas de cirurgia: silêncio, estamos filmando. A luz da porta de duplo batente perto da qual paramos estava apagada.

Pronto, lá estávamos! Atrás daquela porta, o mágico ia tentar fazer a luz renascer no rosto de Claudio. Minha função terminava ali. E, cumprida minha missão, eu me sentia como um corredor alcançando, esgotado, a linha de chegada. Nem sob tortura, ninguém jamais poderia me obrigar a refazer aquele calvário.

E, naquele instante, um pequeno comprimido azul que me derrubasse teria sido bem útil.

Uma enfermeira pingou algumas gotas no olho direito de Claudio. O anestesista, um japonês muito delicado com quem havíamos nos encontrado várias vezes no dia anterior, aproximou-se de nós em trajes de combate.

– Tudo certo?

Não julgamos útil responder.

Quando ele colocou no pulso esquerdo de Claudio a agulha, desviei o olhar. Sempre tive horror a injeções.

– Daqui a poucos minutos – avisou ele.

Depois se voltou para mim:

– Após a intervenção, o Sr. Roman irá para a sala de recuperação. A senhorita deverá reencontrá-lo em seu quarto daqui a duas horinhas.

Num romance de Delly, essa cirurgia seria um sucesso total. Aliás, as duas córneas é que seriam operadas. Quando retirassem o curativo, o herói da história descobriria finalmente aquela que o acompanhara em sua longa e dolorosa travessia rumo à libertação. Seria um deslumbramento. Eles pronunciariam palavras amorosas. Ainda não teriam feito amor. Não teriam a vida inteira para isso?

Não estávamos num romance de Delly, mas na clínica Bel Air.

As portas da sala de cirurgia se abriram. Lá dentro, avistei o Dr. Miller. Ele me fez um sinal amistoso. Claudio voltara o rosto para mim. Pronunciou meu nome. Debrucei-me e rocei meus lábios nos dele.

– Você será Alfredo – prometi.

O pano caiu.

Segunda parte

ELE

Agora a procuro cheio de tristeza.
E não consigo encontrá-la.
Lied de Mozart

23

O CHEIRO.
Um cheiro de hospital.

Miller... A cirurgia...

Com dificuldade, em meio a uma densa névoa, Claudio estendeu a mão.

– Laura.

O vazio.

– *Laura?*

Dessa vez gritara, mas o som não saíra. O muro era alto demais para ser transposto.

Ergueu a mão com dificuldade e roçou o curativo sobre o olho. Não estava doendo. Apenas incomodando.

– Laura.

Ouviu passos no quarto e a mão de alguém, larga e áspera, segurou a sua; não era a de Laura.

– Está tudo bem, cavalheiro, o senhor foi operado. O senhor está em seu quarto – disse uma voz feminina.

– Laura.

– A Srta. Laura não está aqui. Ela voltará. Não se agite dessa forma, senhor. Tudo correu bem.

Ela voltará...

A mulher telefonava. Ele escutava: *"Quick! Quick!"* Rápido! Ergueu a pálpebra do olho esquerdo: tudo branco. A porta abriu-se novamente e um passo apressado foi em direção à sua cama.

– Está tudo bem, Sr. Roman. Muito bem, muito bem. A cirurgia foi um sucesso.

A voz do anestesista, dessa vez. Uma voz japonesa. Ele a imitara e Laura rira. Deus, como estava cansado, confuso, mole.

– Que horas são?

– Meio-dia e meia.

– Onde está Laura?

– Não sei, cavalheiro, mas o Dr. Miller irá informá-lo. A Srta. Vincent viu-o após a cirurgia.

"A Srta. Vincent viu-o..." Laura gostava muito do Dr. Miller. Confiava nele.

Um novo passo. A mão de Miller sobre a sua, fina, nervosa.

– Claudio – Miller agora o chamava pelo nome? –, tudo correu da melhor maneira possível. O curativo será retirado amanhã na primeira hora.

Amanhã?

– Eu quero Laura – gritou ele. – Imediatamente! Vão buscá-la!

Robert Miller observou o rosto de seu paciente, deformado pela angústia. Se ao menos pudesse responder-lhe! No entanto, fora o primeiro a se admirar por não encontrar a moça que o acompanhava perto dele.

Ela insistira em falar com ele imediatamente após a intervenção. Quando ele lhe informara que fora um sucesso total, ela se desmanchara em lágrimas.

– Tem certeza, doutor? Tem certeza? Ele vai voltar a enxergar?

– Como a senhorita e eu – garantira o médico, e a aconselhara a esperar Claudio em seu quarto e dormir um pouco, pois ela parecia esgotada.

Onde se metera? Com certeza não muito longe.

– Vamos encontrá-la, Claudio. Não se preocupe.

– Agora!

Tentou levantar-se. Mãos obrigaram-no a voltar para o travesseiro.

– Fique tranquilo, senhor.

Por que Miller se calava? O que estavam lhe escondendo?

– Laura.

Levou a mão ao olho.

– Senhor, não toque no curativo, por favor, acalme-se.

Um pouco mais distante, Miller e o japonês conversavam a meia-voz. Não pareciam de acordo.

– É uma simples crise de nervos – declarou Miller. – Vamos até lá.

A mão voltou sobre a sua.

– Vamos fazer uma coisa não muito... Como vocês dizem na França? Não muito "católica", é isso. Vamos retirar seu curativo por alguns segundos para lhe provar que está enxergando. Assim, ficará completamente tranquilo.

Claudio quis dizer não: sem ela, sem Laura, não. Mas Miller já soltava o esparadrapo, retirando o curativo com infinitas precauções. Água morna corria sobre sua face, ele estava totalmente paralisado pelo pânico; no quarto reinava um silêncio absoluto, aterrorizante.

Os dedos de Miller ergueram sua pálpebra.

– Olhe, Claudio. Olhe. Não tenha medo.

Em meio a uma bruma rosada, vislumbrou a mão que se agitava à sua frente. Distinguiu o rosto de um homem de branco. Um turbilhão de felicidade irrompeu. Ele se deixou contagiar.

Que horas seriam? Tinham trocado o curativo. Ajudaram-no a vestir um pijama, sentar-se na cama, tomar um caldo quente.

Ele vira. Voltaria a enxergar. A felicidade tinha dentes e mordia seu peito.

Ele tinha sede, sentia na boca um gosto de papelão. Pediu para beber água. Aproximaram um copo de seus lábios. Uma mulher estava deitada no leito ao lado do seu. Não era Laura. Ele exigia Laura. Ordenou que ligassem para ela no Pierre.

– Mas é tarde, senhor. Estamos no meio da madrugada. Ligue para sua mulher pela manhã.

Ela dizia "sua mulher". No meio da madrugada? Antes, não importava a hora, ele só tinha de estender a mão para encontrar Laura: "Estou aqui, Claudio."

Sentia-se melhor, mais lúcido. O que ela estaria fazendo, Deus do céu? "Não o deixarei um instante. Ficarei com você até o fim." Ao lhe fazer essa promessa, ela inclusive lhe beijara a mão, então, o que estava acontecendo, caramba? Ela acreditava ou não nas promessas? "Amanhã", dissera a sentinela. O que ele diria à pequena amanhã? Sim, ela iria ouvi-lo. Ela iria ver. Ver! Amanhã.

– O grande momento, Sr. Roman – anunciou a voz solene do Dr. Miller.

– Não me chama mais de Claudio? – brincou ele.

Já era "amanhã", sete e meia. Fizeram-no sentar-se para receber o grande chefe com sua corte.

Ainda sentia um pouco de medo, embora menos. Durante aquela longa madrugada, fizera planos. Queria que se realizassem. Cerrou os lábios.

A mão de Miller retirou a proteção ocular. Sua pálpebra estava como que soldada: impossível erguê-la.

– Seus cílios se grudaram – tranquilizou o médico. – Vamos dar um jeito nisso.

Ele lavava com gestos delicados a porta da prisão. Claudio ouvia respirações, mas nenhuma palavra. "O momento do milagre", pensou.

– Agora vou verificar o meu trabalho com a ajuda de uma pequena lanterna – advertiu Miller. – Não se assuste se ficar um pouco ofuscado.

A mão ergueu a pálpebra.

– Uma pura maravilha essa córnea! Eu queria que visse isso!

– Doutor – disse Claudio com uma voz trêmula. – O senhor não me disse que usava óculos.

24

ELE TOMAVA o café da manhã e tudo era milagre. Ir direto à alça da xícara, passar manteiga numa torrada, espalhar geleia. O nome no pote estava escrito em letras miúdas demais para que pudesse ler, mas fosse de morango, framboesa ou groselha, ele não se importava. Via que eram frutas vermelhas e isso lhe bastava.

Podia ver também o azul do céu pelos vidros da janela, os dois quadros que decoravam as paredes do quarto. Ah, não era o eldorado, era impreciso, parecia um ladrilho mal lavado, mas, num dos quadros, distinguia uma paisagem marinha e, na outra, um buquê de flores.

Deixaram sua porta aberta para não perdê-lo de vista. "Perdê-lo de vista..." A expressão o fez sorrir. Às vezes, rostos passavam: *"Everything's ok, Mr. Roman?"*

Tudo ficaria ok, magnífico, esplêndido, se Laura estivesse ali.

Ele não compreendia. Fazia 24 horas que ela desaparecera. Por quê? Como?

Agora que tinha as ideias claras, se esforçava para refletir calmamente. O que poderia ter acontecido? O fuso horário? Ela dera um pulo no hotel durante a cirurgia e dormira? Não fazia sentido. Não tanto tempo assim. Outra hipótese: o medo do resultado. Não era normal que tivesse medo? Afinal de contas, fora ela, e apenas ela, que o obrigara a sofrer aquela intervenção... Isso tampouco fazia sentido! Ela estivera com Miller, que lhe comunicara o resultado da cirurgia!

Laura estava no centro das preocupações de Claudio agora. E se tivesse sofrido um acidente naquela cidade que ela não conhece? Se houvesse sido atacada no Central Park? Ele deveria tê-la avisado. Odiava-se.

Tão logo terminasse o café da manhã, pediria que ligassem para o celular dela. Não levara o seu.

Enquanto isso, ela estragava sua felicidade. Quando Miller ergueu sua pálpebra e ele deixara sua prisão, era ela que ele queria ter visto antes de mais nada.

Para agradecer-lhe, aquela covarde!

Um barulho na porta sobressaltou-o. Ele ergueu os olhos.

David estava ali.

David May nunca esqueceria aquele instante: Claudio soerguido em sua cama, uma torrada na mão. Sim, Claudio o reconhecia e lhe dirigiu uma piscadela.

A piscadela mais bonita do mundo.

David jamais se esqueceria da luz emitida por aquele rosto, que ele se acostumara muito depressa a aceitar apagado. Uma luz que acompanhava seu sorriso incrédulo.

– Ora, o que faz por aqui?

David exultava, foi até seu cantor, apertou-o nos braços, incapaz de falar, sufocado pela emoção. Em seguida, afastou-se e tirou os óculos para ter certeza de que não estava sonhando: o olho estava brilhante, malicioso, só um pouquinho vermelho.

– Você está enxergando, Claudio! Enxergando!

– É o que parece – brincou. – E você? Que milagre o traz a Nova York?

– O milagre Laura – respondeu David. – Ela me ligou ontem após a cirurgia para me dar a boa notícia e pedir que largasse tudo e viesse admirar.

– Laura?

Claudio sobressaltou-se. Seu rosto se fechou.

– Ela pediu que viesse?

– Na verdade, ordenou.

David lembrou-se de sua voz, de seu grito: "Ele enxergará, David. Ele enxergará. Você precisa visitá-lo agora."

E desligara prontamente.

Desde quando David recebia ordens de uma mocinha?

Ele embarcara no primeiro Concorde e fora direto à clínica.

– Não sei onde ela se meteu – confessou Claudio, com uma voz angustiada. – Não a vejo desde que entrei na sala de cirurgia ontem. Desapareceu, evaporou-se. Eu estava muito grogue para tentar telefonar. Faça isso, por favor. Agora.

A voz era suplicante. David começou a ficar preocupado. Não tentara falar várias vezes com Laura após seu ultimato? Em vão. E as mensagens que deixara ficaram sem resposta.

Tirou o celular do bolso e discou mais uma vez o número. Desligou logo em seguida.

– Ela não atende.

– Ligue para o Pierre – ordenou Claudio.

– Vou fazer melhor, vou passar lá – decidiu David, com um súbito pressentimento.

– Boa ideia. E arraste-a até aqui pelo pescoço. O que ela está pensando? Preciso dela, caramba!

A voz de Claudio estava alquebrada.

"Ele não precisará mais de você..."

As palavras que David disse a Laura não fazia uma semana. Ela não teria, de toda forma...

Fez força para rir.

– Estou autorizado a ficar três minutinhos para admirar o milagre? Não esqueça que percorri milhares de quilômetros para isso.

Claudio riu. Chamou uma atendente e pediu uma xícara extra. *"For my best friend."* Sua voz também mudou, mais clara, mais colorida. "Como vai cantar bem", comoveu-se o próprio David.

Quando a xícara chegou, Claudio apontou a garrafa térmica na bandeja:

– Café?

Depois a cesta de pãezinhos:

– Pãozinho de leite, com passas e brioche?

E, após servi-lo, fez um aro com os dedos e colocou na frente do olho operado como se para ver na luneta de um telescópio.

– Agora vou lhe dizer como é a lua.

25

Era sempre com prazer renovado que David May voltava ao Pierre: uma decoração kitsch, uma atmosfera mais íntima que a dos grandes hotéis anônimos onde ele costumava se hospedar e uma recepção vip. Afinal ele não era o agente de um célebre tenor?

Às dez da manhã, o saguão do hotel estava cheio: partidas, chegadas. Assim havia sido sua vida: um movimento contínuo. Mas sempre com um porto seguro: Claudio.

O cantor não tinha nem 20 anos quando o conhecera e, muito rápido, afeiçoara-se àquele garoto um pouco perdido que descobrira o talento por ocasião de uma audição na Escola Lírica de Paris. Uma voz cheia de recursos que ainda pedia para encontrar seu verdadeiro registro, um misto de arroubo e hesitação, rudeza e doçura. O canto estava em Claudio. *Fazia parte* dele, que ainda hesitava em admitir: é um dom sem partilha aquele proporcionado pela música. Tomando cuidado para não deslumbrá-lo, David o ajudara a aceitar seu talento. Não se largaram mais.

"Nem pai, nem marido, nem filho", descrevera-se para Laura.

Sem dúvida procurava um filho adotivo. A menos que Claudio tenha representado o homem que ele gostaria de ser.

Foi direto à recepção, onde apertou a mão do responsável.

– Estávamos à sua espera, Sr. May – disse o funcionário, com simpatia. – A Srta. Vincent nos avisou de sua chegada.

Ficou pasmo por alguns segundos.

– Ela avisou? E onde ela está?

Dessa vez foi seu interlocutor que pareceu cair das nuvens.

– Ela regressou a Paris ontem, no fim do dia.

– Claro... – murmurou David.

"Desapareceu, evaporou-se", segundo as palavras de Claudio, ele pressentia uma coisa do tipo, mas de toda forma era um duro golpe.

– Sabe o voo que ela pegou?

O funcionário apontou uma mesa.

– Ali o informarão, cavalheiro. Quer que leve sua bagagem para o quarto? Nós o instalaremos na suíte do Sr. Roman.

Na mesa "viagens", uma moça lhe disse que a Srta. Vincent fizera uma reserva no avião de uma companhia pequena e barata. Partira na véspera em torno das oito da noite. Sem dúvida haviam se cruzado no céu.

Ainda não tinham arrumado a suíte. Na mesa do salão, encontrou o cartão de crédito e o celular que Laura usava no trabalho. Não deixara um bilhete.

– Que mulher! – exclamou ele, em voz alta. – Caramba, que mulher!

Tirou o cachecol e atirou-o numa poltrona, em seguida vistoriou os quartos. No de Laura, encontrou as próprias bagagens. Os pertences de Claudio deviam estar no outro.

Voltou ao salão. Ouviu novamente o grito de felicidade e sofrimento da véspera, quando ela telefonara para avisá-lo.

A felicidade: "Ele vai enxergar, David, ele vai enxergar!"

O sofrimento: "Você precisa vir agora!"

Laura ligara para David para lhe pedir que a substituísse. E ele compreendera tão bem a urgência que reservara imediatamente um lugar no Concorde.

Mas por que ela partira?

"Ele não precisará mais de você."

A frase de David, que, ditada pelo medo do fracasso, tinha o objetivo de impedir Laura de falar com Claudio sobre o transplante teria sido a causa de sua decisão?

– Como sou imbecil! – repreendeu-se novamente em voz alta.

Na mesa, ao lado de uma cesta de frutas, observou um resto de abacaxi num prato e lembrou-se do último jantar com ela num restaurante dos Champs-Élysées que ele apreciava pela calma do ambiente e pela qualidade de seus frutos do mar. Reviu Laura degustando seus lagostins com expressões gulosas de bichano. Isso foi dois dias antes da partida para Nova York. Quando iam sair do restaurante, ela se detivera e examinara longamente a sala.

– Então... não vem? – ele falou, impaciente.

– Desculpe, mas talvez seja a última vez... – respondera ela, em voz baixa.

E ele não fora capaz de entender que ela já planejara a partida no caso de Claudio recuperar a visão.

Ele se levantou e andou pelo cômodo. Tudo bem! Mas por que tão rápido e sem explicação, deixando Claudio angustiado? Claudio que, segundo o Dr. Miller, com quem David se encontrara antes de deixar a clínica, não cessara de reclamar: uma ladainha, uma queixa, um grito. O próprio médico ficara impressionado com sua atitude.

– Mas o que ela significava exatamente para ele? – perguntara a David.

E o que Claudio significava para Laura?

"Aceito ser a irmã mais nova", concordara ela quando, no início de sua relação, no mesmo restaurante, ele lhe explicara, após a demissão de Corinne Massé, que Claudio não precisava de mais uma aventura. E ela lançara o desafio: "Você deveria dizer para ele que sou feia! Isso resolveria o problema."

David tinha a explicação.

Laura partira para não ser vista por Claudio – o sedutor, cercado e cortejado pelas mais belas mulheres. Ela sentira medo de decepcioná-lo.

Ela o amava.

Ele se fizera muitas vezes essa pergunta, agora não duvidava mais da resposta. Apenas o amor podia explicar aquele sacrifício: incentivar Claudio a recuperar a visão, ao mesmo tempo sabendo que isso representava perdê-lo.

Arrancar a lua do céu e desaparecer.

David, que já tinha afeição por Laura, sentiu também respeito.

Foi ao telefone e discou o número do conjugado da moça em Paris. Ninguém atendeu. Onze horas aqui, cinco da tarde lá. Ligou para a Agência, Monique. Naturalmente, ela não havia sido informada nem da viagem nem da cirurgia. Laura pedira uns dias de folga.

Não, Monique não tivera notícias. Laura devia voltar na segunda. Havia alguma mensagem para ela? David prometeu ligar.

Preparava-se para deixar o quarto quando seu celular tocou. Um sopro de esperança: seria ela?

Era a mãe de Claudio.

A Sra. Roman evidentemente não sabia onde David estava. Quando falara com ela, na véspera, para lhe comunicar o sucesso da cirurgia, confirmado por Leblond, evitara contar que tinha a intenção de viajar para Nova York. Ela não iria sossegar até conseguir ir junto.

Ela queria saber se ele tinha novidades.

– Excelentes – respondeu. – Retiraram o curativo. Claudio está enxergando. Vitória.

– Vitória? – duvidou ela.

Ela parecia se negar a acreditar. Fora uma das pessoas que haviam apoiado Claudio em sua decisão de recusar o transplante. Era um desses espíritos ressentidos que, temendo sempre o pior, terminam por atraí-lo.

– A pequena continua ao lado dele? – perguntou ela. – Deve estar cantando de galo.

Ele não gostou do tom desdenhoso da pergunta e se conteve para não responder que Laura valia dez vezes mais do que ela. Desligou rapidamente.

Não, Laura não estava cantando de galo. Tirara o time de campo e, se amava Claudio, David podia presumir sua angústia.

Na recepção, pediu que lhe reservassem a suíte por uma ou duas noites e retornou à clínica Bel Air.

Nova York estava um gelo. Tal como, subitamente, seu coração.

125

26

— O Sr. Roman está na sala de exames, não demora a voltar – informou-lhe uma enfermeira à porta do quarto vazio.

David ficou aliviado: um derradeiro momento de trégua antes de enfrentar a fúria de Claudio.

Pois ele não podia lhe esconder a partida de Laura e temia sua reação. A cirurgia fora na véspera, Claudio ainda estava frágil.

Para amortecer o choque, David decidiu não lhe falar do celular e do cartão de crédito, abandonados pela pequena no hotel. Eram como um sinal de adeus. Assim que retornasse a Paris, tentaria convencer Laura a voltar, pelo menos provisoriamente, para junto de Claudio.

Mas ele tinha esse direito? Conhecendo seu tenor, não tinha ilusões sobre o que aconteceria. Claudio logo se consolaria da ausência de Laura. Assim que pudesse, recuperaria a independência completa: não era de carregar quem quer que fosse em suas viagens. Cedo ou tarde, Laura voltaria ao seu lugar na Agência.

David jurou para si mesmo empenhar-se para que ela fosse paga à altura.

Estava numa dessas reflexões quando uma enfermeira deixou Claudio na porta: vestido, barbeado, esbelto, novinho em folha.

Seu olhar percorreu o quarto.

– Ela não está aqui? Não a encontrou?

– Sente-se – ordenou David, num tom falsamente ameno. – Prepare-se para ouvir uma boa!

Lentamente, Claudio ocupou um lugar na beirada da cama.

– Muito bem, vá em frente, sou todo ouvidos.

– A senhorita nos deixou a ver navios. Voltou para Paris.

Com uma exclamação incrédula, Claudio ergueu-se num pulo.

– Mas isso é impossível!

– Infelizmente é verdade. Ela pegou o avião ontem à noite. Acabam de me informar no Pierre.

– Aquela vadia – gritou Claudio. – Como pôde fazer isso comigo?

– Ainda não sei, mas "vadia" me parece exagero – replicou David, seco.

Claudio deu-lhe as costas e foi até a janela. A decepção e a amargura estampavam-se em seu rosto. Não conseguia acreditar que Laura o tivesse abandonado. Por que teria feito aquilo? Ele não cedera radicalmente? E ele não sonhara que ela estava apaixonada por ele?

Voltou-se para o agente.

– Ela me prometeu ficar até o fim – disse, com a voz falhando.

– Ela só foi embora depois de saber o resultado – lembrou David. – E o fim, para ela, talvez fosse o sucesso da cirurgia.

Claudio voltou ao seu lugar na beirada da cama.

– E eu que estava preparando uma festa...

Miller não acabava de lhe comunicar que ele já recuperara pouco mais de vinte por cento de acuidade visual? "Realmente, você não faz nada como os outros", constatara o médico com alegria.

Durante aquela madrugada interminável, enquanto esperava "amanhã", Claudio fizera planos. Se tudo corresse bem, ficariam alguns dias em Nova York. Ele mostraria a cidade a Laura. Não era sua vez de ser guiada? Não merecera isso? Voltariam ao lago.

Uma risada amarga sacudiu-o: quase chegara a reservar os patins.

– Ela deixou alguma coisa, pelo menos? Um bilhete?

– Nada – respondeu David, com uma voz entristecida. – Não encontrei nada.

Claudio se debruçou para estudar o rosto de seu agente. Fazia dois anos que não o via: aquele rosto gorducho com ar atrevido. Rosto de um pai substituto. Jamais esqueceria o que fizera por ele. Apesar da visão um pouco imprecisa, descobriu-o envelhecido, cansado.

Mais uma vez foi tomado pela revolta: aquele dia deveria ter sido de alegria total. Laura estragara tudo.

– Por que ela partiu? – perguntou.

– Talvez tenha achado que você não precisaria mais dela... – arriscou David.

– Mas eu preciso.

A lembrança de um corpo miúdo entre seus braços, de penetrar aquele corpo, voltou a Claudio e ele a desejou.

– Isso não é uma partida, é uma fuga – constatou. – Ligue para Paris imediatamente. Se ela viajou ontem, já deve estar lá. E o celular, você tentou?

– Tentei tudo. Não atende de jeito nenhum. Também telefonei para a Agência. Seu retorno está previsto apenas para segunda-feira.

Claudio sentia-se esmagado: uma montanha sobre o coração.

– Não consigo entender – confessou. – Parece uma piada de mau gosto. Fico achando que de repente ela vai entrar aqui, rindo dessa brincadeira.

David pigarreou.

– E se ela tiver ido para que você não a veja?

– Para que eu não a veja? Então ela é tão feia assim?

– Ela não é feia, é atraente, muito atraente... Um lindo olhar...

– Tem o corpo feio?

– Bonito.

Claudio emitiu uma risada dolorosa: isso ele sabia. Suas mãos lhe disseram. Seu prazer também.

– Sabe o que Hélène pensa a respeito dela? Que é insignificante.

– Verdade que não é o tipo de garota para a qual olhamos na rua.

– Mas e eu com isso? – gritou novamente Claudio. – Tenho minhas admiradoras que me olham na rua. Acontece que essas pessoas me dão nojo. – Levantou-se. – Muito bem, vamos procurá-la. Terei alta amanhã. Você reserva lugares no primeiro voo. Não precisa ser o Concorde, vou de qualquer jeito. Ela não perde por esperar: vai ver só uma coisa.

E David temeu que nenhum dos dois visse coisa alguma.

27

O DR. LEBLOND estendeu a Claudio um punhado de lenços de papel a fim de que ele enxugasse as gotas que escorriam de seu olho.

– Um êxito completo – regozijou-se. – Obrigado ao amigo Miller. Tenho grandes esperanças de que você recupere uma boa acuidade visual.

– O que isso significa?

– Por que não setenta ou mesmo oitenta por cento? Mas não imediatamente, claro. Precisará de um pouquinho de paciência.

Deixaram a sala de exames para passar ao consultório do médico e ocuparam duas poltronas lado a lado. A especialidade de Leblond era tratar os pacientes como amigos.

– Quando poderei voltar a trabalhar? – perguntou Claudio.

– Tire duas ou três semanas de férias. O que não o impedirá de fazer seus exercícios – aconselhou o médico. – E depois... voe!

– E os riscos?

– Não pense nisso. Limite-se a obedecer as minhas instruções. E se não conseguir deixar de pensar nisso assim mesmo, pense... que poderemos sempre recomeçar, agora que você tomou gosto pela coisa – acrescentou, bem-humorado. – Mas isso me espantaria. O doador ofereceu-lhe um presente de rei.

– Eu gostaria de poder lhe agradecer – suspirou Claudio. – Pelo menos a seus pais. Se eles permitirem, naturalmente. E lhes enviar o vídeo da primeira ópera que eu cantar graças ao seu filho. Ou filha, nunca saberei.

– Graças a um anjo – constatou alegremente Leblond. – Quanto a mim, espero sinceramente ser convidado para assistir a essa ópera.

– Lotação esgotada – observou Claudio, com uma risada. – Miller também me pediu o mesmo.

Sem falar no pai e em Laura.

No Concorde, este foi o único assunto entre ele e David: a próxima ópera da qual Claudio participaria. Seu agente já declarava ter uma ideia, mas não quis revelar mais.

– Tem uma pessoa a quem você podia agradecer também: sua irmã! – disse Leblond.

– Mas eu não tenho irmã, você sabe disso! Sou filho único.

O médico sorriu maliciosamente.

– No entanto foi ela quem veio me consultar e me intimou a arranjar uma córnea o mais rápido possível.

– Laura? – perguntou Claudio, o coração a mil. – Laura lhe falou que era minha irmã?

– Para ter certeza de que eu a receberia! E me passou um sermão quando lhe disse que não poderia operá-lo imediatamente.

Claudio fechou os olhos por um segundo. Havia nele como que uma porta fechada, à qual não parava de bater em vão. Laura estava atrás. Desde sua volta a Paris, na sexta à noite, tentara sem sucesso encontrá-la na casa dela, na Agência... David terminara por lhe confessar que ela deixara o celular no Pierre. Se aquilo continuasse, ele acabaria ligando para os pais dela. Ainda não se atrevera.

– Diga-me como ela é – implorou.

Leblond olhou para ele com ar de surpresa.

– Mas você a conhece melhor do que eu.

– Ainda não a vi – explicou Claudio, com dificuldade. – Ela me acompanhou até a sala de cirurgia e depois desapareceu. Não estava lá quando acordei.

Na voz de seu paciente, o médico ouviu um grito de desespero. Desaparecida, a pequena? Era incompreensível. Ela parecia tão afeiçoada ao cantor.

Com o rosto angustiado, Claudio aguardava a resposta.

– Pelo que pude avaliar, é uma grande mulher – disse-lhe Leblond.

– Dotada de uma fé capaz de mover montanhas, certa de poder convencê-lo quando todos fracassaram e convicta de que a operação seria bem-sucedida.

Reviu Laura na poltrona agora ocupada por Claudio, dividida entre lágrimas e revolta, vibrante, tão intensa.

– Ela não parava de falar em Alfredo, dizia que precisava libertá-lo e, para isso, você tinha que cantar *La Traviata*. Quando falei que infelizmente na França tínhamos carência de doadores de córnea, sabe o que ela me sugeriu?

Claudio balançou negativamente a cabeça. Curvado para a frente, bebia cada palavra de Leblond com avidez.

– Propôs doar uma das próprias córneas!

Claudio recebeu o golpe em cheio. Uma das córneas de Laura? Para ele? Se não era uma piada, se ela chegaria a esse ponto, por que partira?

– Admita que Violetta não teria feito melhor! – acrescentou Leblond, com um sorriso.

"Você será Alfredo", dissera Laura a Claudio, antes de desaparecer. Ele sentiu uma espécie de vertigem.

– E foi então que lhe falei do meu amigo Miller e de Nova York – prosseguiu Leblond. – Ela estava disposta a ir até o fim do mundo se isso pudesse lhe dar uma chance de voltar a enxergar.

– E igualmente disposta a pagar a viagem do próprio bolso – acrescentou Claudio.

David lhe contara isso também. E que ela pagara com seus últimos recursos a passagem de volta.

"Mas, afinal de contas", pensou com dolorosa ironia, "Violetta não se arruinara por Alfredo?"

– E, fisicamente, como ela é? – perguntou ao médico.

Era uma frustração não poder vislumbrá-la agora que tinha essa possibilidade.

– Miúda, bonitinha. Ninguém desconfiaria que tem toda essa força. Outra coisa: com a minha profissão, virei um pouco especialista em olhares. O dela é... especial. Muito intenso. Ferido. E, depois das lágrimas, um verdadeiro arco-íris.

Claudio sentiu as lágrimas de Laura na ponta dos dedos. Ele era a causa. Nunca se perdoaria por isso.

Leblond redigiu a receita: um colírio para aplicar diariamente. A próxima consulta seria dali a três semanas. Se Claudio tivesse alguma dúvida, poderia procurá-lo antes.

Ele se levantou e o acompanhou até a saída. A sala de espera estava cheia.

– Sabe que ainda me pergunto como essa pequena conseguiu persuadi-lo? – disse o médico, antes de se despedir.

– Ela me extorquiu uma promessa absurda e ameaçou me deixar plantado se eu não a cumprisse. Em suma: uma chantagem cínica.

– E foi assim que ela o salvou – concluiu Leblond.

28

"Ela o salvou."

Como se ele não soubesse! Seu desejo cada vez mais urgente de terminar com aquilo de uma maneira ou de outra para escapar ao terror de uma noite, a dor lancinante de nunca vir a ser Alfredo, nem Rodolfo, Don Carlos ou qualquer outro papel-título na ópera... Aonde tudo isso teria culminado se Laura não houvesse entrado em sua vida?

Laura e seu ombro na altura de sua mão. Laura e sua paciência, seu humor, seus pudores. Laura, seu pai padeiro e sua irmã Agathe, que ela chamava de "a bela", a voz falhando, talvez indicando seu sofrimento por não sê-lo?

Pois todos concordavam num ponto: ela tinha mais charme do que beleza. Pequena, bonitinha, olhar que parecia um arco-íris... e aquele corpo miúdo que o apertara tanto ao mesmo tempo em que seus braços o aprisionavam.

Claudio conhecera muitas mulheres. David, o feio, brincava: "Todas caem. Não poderia deixar uma ou duas para mim?"

Sua cegueira não mudara nada, despertando em algumas um sentimento maternal com o qual ele não sabia o que fazer. Já havia se apaixonado. Mas nunca durara. Logo uma ou outra metia na cabeça assumir um lugar proeminente em sua vida. E, diante de seu recuo, era sempre a mesma crítica: "Você não me ama de verdade." Difícil fazer uma mulher apaixonada aceitar que a música e o canto ocupassem o primeiro lugar para ele e fossem inseparáveis de uma liberdade total.

* * *

Jean-Pierre freou bruscamente:

– Desculpe, senhor.

Chegavam à Porte Maillot e o tráfego estava cada vez mais intenso. Claudio olhou os automóveis com curiosidade. Em dois anos, as cores haviam mudado, mais vivas, metalizadas, quase agressivas. Quando voltasse a dirigir, compraria um carro mais discreto do que aquele em que fora atacado.

Canalhas!

Nunca foram pegos.

Compraria um carro para o qual ninguém olharia. Como Laura?

Com a mão, tapou o olho operado e só viu uma vaga brancura leitosa. Então a retirou e a cortina de sua vida ergueu-se.

Estou enxergando!

Sempre que fazia esse gesto, seu coração transbordava de alegria. Fazia isso o tempo todo.

– O senhor me permite lhe dizer como estou feliz?

Ele correspondeu o sorriso do motorista pelo retrovisor.

– E eu então! Caso aceite, Jean-Pierre, continuaremos juntos.

– Obrigado, senhor.

Jean-Pierre era o motorista de David. Após a agressão, o agente o "emprestara" a Claudio. A partir de então e até que ele pudesse voltar a dirigir, haviam decidido dividi-lo.

– E a pequena senhorita? – perguntou Jean-Pierre.

– Por enquanto está descansando – respondeu Claudio. – A propósito, como ela era com você?

Não conseguia deixar de fazer perguntas sobre ela. Teria parado pessoas na rua se soubesse que a conheciam.

– Muito educada, muito simples. Nunca permitia que eu a levasse em casa após tê-lo deixado em Neuilly. Ela dizia: "Estou acostumada com o metrô, Jean-Pierre. Aliás, chego mais depressa. Quer apostar corrida?" Se me permite, senhor, ela não era como as outras.

Claudio sorriu: as outras... Corinne Massé, por exemplo, sua ex--assessora de imprensa, que, porque ele a pusera uma ou duas vezes em sua cama, se achava a maioral. Ou a bela Hélène, que não hesitava em exigir o carro para fazer compras.

Conhecera Hélène Reigner meses antes da agressão, quando ela fora cogitada para interpretar Violetta em *La Traviata*. Jovem, talentosa, ardente. E uma voz de uma pureza admirável, contrastando com uma experiência sexual avassaladora... de cortesã. Ele se apaixonara. Porém, quando, após o acidente, muito generosamente ela se oferecera para se instalar na casa dele, sua resposta fora "não", como para as demais.

Somente no dia anterior Claudio resolvera ligar para ela a fim de lhe contar sobre a viagem aos Estados Unidos e comunicar-lhe que havia recuperado a visão. A princípio ela ficara sem voz, depois, enquanto chorava de felicidade, xingara-o copiosamente. Como pudera deixá-la por fora do que ele tramava? Ele era um monstro. Ela o detestava.

Seu exagero fizera-o sorrir. Era típico dela! E, se não estivesse em Bruxelas, onde se apresentaria naquela noite, não restava dúvida de que teria aterrissado diretamente na casa dele.

Como Hélène era fofoqueira, ele a intimara a manter a cirurgia em sigilo. Não fazia questão dos holofotes da imprensa.

O carro penetrava na calma avenida margeada por castanheiras. O motorista parou em fila dupla diante da grade do palacete. Claudio saiu imediatamente.

– Tudo certo! Obrigado, Jean-Pierre.

Em geral, o motorista só partia depois de ter visto o patrão subir os degraus da entrada da casa com a chave na mão. Adivinhando seu prazer em se virar sozinho, foi embora.

O jardim tremeluzia sob o sol, sereno, verde e dourado. Ali mandaria plantar flores: grandes canteiros de margaridas e rosas amarelas. Leblond receitara-lhe lentes corretivas, que ele trocaria a seu bel-prazer. Claudio esperava não ser obrigado a usar óculos no palco. Maria Callas, que não enxergava nada, dispensava-os. Ela garantia inclusive que, liberada do maestro, podia entregar-se completamente a seu personagem, o que contribuía para o seu desempenho.

Parou no meio da alameda.

Não havia alguma coisa colorida no galho baixo do pinheiro?

Com o coração disparado, atravessou o gramado em grandes passadas. Era de fato a casinha de pássaros que Laura pusera em suas mãos quando ele fora surpreendê-la em seu apartamento: telhado vermelho, paredes amarelas, interior branco.

Uma esperança insana invadiu-o. Afastou-se da casinha e correu em direção ao palacete. A porta não estava fechada! Laura tinha a chave!

– Laura? Você está aí, Laura?

Duas mulheres saíram do salão: sua mãe e Hélène. Ele parou.

– Desculpe decepcioná-lo, sou apenas eu – disse Hélène. – Vim lhe dizer que nunca o perdoarei por sua dissimulação.

Ela se aproximou e ele pôde ver o amor em seus olhos cintilantes de felicidade. Ele se esquecera de como ela era bonita. Com sua longa trança loura, seu corpo generoso. Sua Valquíria.

Ele abriu os braços. Ela se entregou.

– Tudo que vamos realizar juntos – prometeu ela, num soluço.

Depois foi a vez da mãe de Claudio aproximar-se e beijá-lo. Ela também chorava. Ele pensou num olhar arco-íris e afastou-a.

– Se é a pequena que está procurando, ela não está aqui – disse a mãe.

29

Uma célebre cantora confidenciara um dia a um jornalista que, todas as manhãs, ao acordar, temia ter perdido a voz. Então, segundo as próprias palavras, "emitia um trilo" e se acalmava. Não, sua voz, o sentido de sua vida, não o abandonara.

Desde a noite em que Hélène, tão levianamente, lhe avisara que ia passar *La Traviata* na televisão, Claudio não cantara mais. Para que, se jamais seria Alfredo?

O deslumbramento que experimentara, ainda adolescente, ao descobrir Violetta no filme de Zeffirelli, nunca se apagara. Sim, o amor era de fato essa coincidência perfeita entre duas criaturas, alma e carne confundidas numa mesma chama. Era de fato aquela doação total, na qual nos esquecemos de nós mesmos pela felicidade do outro.

Já alucinado por música, se desejara tanto fazer o papel de Alfredo um dia era porque, em seus sonhos, mudava o fim da história. Salvava Violetta, justificando assim as últimas palavras da ópera: "Ó, alegria!"

"E se minha voz houvesse me abandonado? Se eu a houvesse perdido ao recuperar a visão?", perguntou-se naquela manhã, tal como a cantora.

De pé junto ao piano, bem empertigado, os ombros distendidos, começou a respirar, fazendo o ar circular em seu corpo, transformando-o num instrumento de sopro. Em seguida, apreensivo, sentou-se ao teclado e atacou seus exercícios.

Sua voz continuava firme.

Diferente?

Aquela ínfima mudança de timbre, aquele bruxuleio escuro, aquele frêmito que o percorria, ele achava que ninguém mais podia percebê--los, pois vinham das profundezas dele mesmo, de uma alma transformada pela experiência.

Havia sido um tenor brilhante, feliz com seu sucesso, apaixonado pela vida e pelas mulheres, cuja voz refletia a alegria de viver.

Durante dois anos de inferno, tornara-se aquele homem mortalmente ressentido, amputado da parte mais importante de seu repertório, privado de futuro, que não cantava mais senão o abandono, o sofrimento e a noite.

Naquela manhã ele era objeto de um milagre, ainda hesitando à beira da luz, à beira da alegria.

Sua voz "me ensinou a ver melhor as cores da vida".

A garotinha que pronunciara timidamente aquelas palavras lhe permitira recuperar aquelas cores e depois fugira.

Claudio parou de cantar.

Na véspera, sem avisar a ninguém, pediu que Jean-Pierre o deixasse na Agência. Sua entrada no escritório provocou um miniterremoto. Um enxame de gente jovem e bonita o cercou. Embora usasse óculos escuros, não pudera esconder que enxergava todo mundo. A mais atônita, e mais emocionada também, era Monique, a assistente de Laura.

Quando exprimira o desejo de falar a sós com ela, ele sentira um clima de inveja.

Havia duas mesas de trabalho em sua sala. Na de Laura havia apenas um telefone. Nas paredes, Claudio viu algumas fotografias dele, um cartaz. Aproximou-se. Era o cartaz anunciando seu concerto em Auxerre, quando conhecera o pardalzinho.

Ele se dirigiu novamente a Monique:

– Quando a viu pela última vez?

– Segunda de manhã, quando ela veio buscar suas coisas.

Disso, ele já sabia. David lhe comunicara.

– Ela falou para onde ia?

A moça balançou tristemente a cabeça.

– Só me disse que ia parar e que eu devia ficar para pegar as mensagens e transmiti-las ao Sr. May.

– Ela não deixou um número de telefone?

– Nada.

Claudio observou as fotografias na parede. A ideia de que Laura pudesse estar a poucos metros dele sem que lhe fosse possível reconhecê-la era insuportável. Com um frêmito de temor e esperança, fez a pergunta que o levara até ali:

– Tem uma fotografia dela?

Monique riu.

– Não sabia, Sr. Roman? Laura detestava fotos. Isso era uma grande piada aqui. Assim que um fotógrafo se aproximava, ela sumia.

Seu pardal dos campos sumia!

Não tinha mais nada a fazer ali.

Todas as garotas surgiram novamente quando ele se dirigiu para a saída. Monique alcançara-o na porta e lhe estendera um envelope.

– Quando a encontrar, Sr. Roman, pode lhe entregar isto? Ela esqueceu.

Claudio não tivera paciência de esperar chegar em casa para abrir o envelope. Rasgara-o no carro.

Continha um caderno espiralado, de folhas quadriculadas. Laura escrevera seu nome na primeira página e, contemplando a letra, sem poder contemplar a pessoa, Claudio ficou aliviado por Jean-Pierre não ver sua expressão.

Era uma letrinha esguia, apertada, que ele teve de aproximar do rosto para decifrar, uma letra que era como uma confidência feita a si mesma. No caderno, encontrara o nome de todas as cidades aonde ela o acompanhara, bem como da obra que ele interpretara e a data da viagem. Anotara, também, todos os passeios e atrações que as cidades visitadas ofereciam.

Ave migratória, ela também anotara Viena, Genebra, Bruxelas e Londres.

"Não quer dar um passeio?", ela o convidava no dia seguinte aos concertos. "Marquei uns lugares interessantes." E ele se admirava diante de seus conhecimentos a respeito dos lugares aonde iam.

Tudo isso era minuciosamente preparado em segredo.

Às vezes ele aceitava, outras não. Acontecera-lhe dispensá-la, como em Viena, por exemplo, onde, antes da agressão, ele interpretara Don José em *Carmen*. "Para ver o que, a ópera? Já conheço."

Era por causa desse caderno que um dia, quando Claudio lhe perguntou com o que ela ocupava suas tardes, ela respondera, com um risinho: "Eu viajo."

Ele pousou novamente as mãos no piano. Lied de Mozart: Sensibilidade noturna para Laura.

30

– E LE ESTÁ cantando, senhor, está tudo certo! Ele voltou – anunciou, extasiada, Maria a David, assim que ele colocou os pés no hall.

David parou, apurando os ouvidos. Claudio cantava *mezza voce* ao piano.

Maria pegou seu sobretudo e o pendurou, depois lhe fez sinal para segui-la até a cozinha, local de suas conspirações. Ela lhe fora muito útil naquelas difíceis semanas: ele lhe seria eternamente grato por isso.

– A mãe dele foi embora ontem – disse ela. – As coisas não correram lá muito bem.

– Conte-me tudo.

– Eles brigaram por causa da Srta. Laura. A mãe dele falou que ela não passava de uma pretensiosa que se mostrara muito antipática. O Sr. Claudio ficou furioso. Ela saiu batendo a porta.

– Quer dizer que estamos livres dela, certo? – concluiu David prontamente.

Maria sorriu, mas logo entristeceu-se.

– Por que a Srta. Laura não está aqui? – perguntou. – O patrão precisa dela.

David May não respondeu. "Ele não precisará mais de você." Por quanto tempo ainda se arrependeria daquelas palavras ditas levianamente a uma garota apaixonada? Pois agora estava convencido: Laura amava Claudio. Se ela evaporara, fora por medo da decepção dele ao vê-la. Preferira partir, como dizer?, no auge de sua relação. Ele poderia recriminá-la por isso?

Não se sentiu no direito de falar a verdade para Maria. Seria trair uma amizade. Limitou-se então a colocar a mão no ombro dela e dizer:

– Vamos torcer para que ela volte.

A porta do salão estava entreaberta. Um hábito adquirido quando Claudio deixara de enxergar, a fim de certificar-se discretamente de que tudo estava bem. Um hábito a ser abandonado.

Antes de entrar, ele parou alguns segundos. Viera lhe dar duas notícias: uma boa, a outra ruim. Em geral, quando perguntamos às pessoas qual elas querem primeiro, quase todas respondem "a ruim", esperando reconfortar-se com a boa em seguida.

David decidiu fazer o contrário: diria a boa, a excelente, primeiro a fim de amortecer o choque da ruim. O que Maria acabara de lhe contar era mais um estímulo para isso.

Ele entrou no salão e escutou.

David acompanhava a evolução daquela voz acobreada havia uns dezesseis anos. Conhecia todas as suas nuances. Às vezes pensava que ajudara Claudio a forjar seu instrumento, que era um pouco graças a ele que seu talento se desenvolvera.

Mozart.

Assim fogem as horas mais belas de minha vida.
Assim elas voam como se dançassem.

David fechou os olhos para ouvir melhor. Não havia uma nova cor naquela voz? Uma espécie de frêmito sóbrio, profundo, que a tornava mais... violoncelo?

Cai o pano.
Para nós, a peça terminou.

Sem que conseguisse retê-las, as lágrimas marejaram-lhe os olhos. Não era mais um grito de revolta que ele escutava, mas uma queixa surda, a de uma alma ferida.

Claudio parou de cantar. Permaneceu imóvel por alguns segundos, depois girou o banquinho.

– Ouvi o homem com passos de felino.

David riu e se aproximou.

– O admirador, o fã... Está cantando bem, meu filho.

Claudio fechou o teclado, levantando-se.

– Que bons ventos o trazem?

– Uma grande notícia.

– Devo me sentar?

– Fique de pé, assim alçará voo com mais facilidade.

– Minhas asas já estão se abrindo.

– O teatro dos Champs-Élysées deseja montar *La Traviata* com você no papel de Alfredo. O espetáculo está programado para meados de junho. Os ensaios começam em uma semana.

Claudio ficou imóvel. Em seguida, num passo lento e ainda vacilante, foi em direção à sacada, abriu as portas e saiu para o jardim.

"O excesso de felicidade é uma violência", pensou David. "Ele exige silêncio."

Assim que voltara de Nova York, após se certificar junto ao Dr. Leblond de que Claudio poderia assumir o papel, David ligara para o diretor do teatro dos Champs-Élysées, seu amigo. Era o mesmo teatro para o qual Claudio ensaiava *La Traviata* antes da agressão. O acaso e a sorte, David acreditava que era o "destino", quiseram que um cancelamento liberasse a segunda quinzena de junho. Na véspera encontrara o produtor e o diretor. Para que a engrenagem se pusesse em marcha, faltava apenas a concordância de Claudio.

Ele parou junto ao pinheiro, no meio do gramado. David foi até lá. Pendurada num galho da árvore, uma casinha colorida e engraçada. Com o dedo, Claudio a balançou.

– Você será Alfredo... Foi a última coisa que ela me disse – rosnou ele, com uma voz tempestuosa. – Ela me disse isso, depois foi embora.

David estava atordoado. Esperara um grito de alegria e eis que Claudio voltava a falar de Laura. Embora tivesse refletido intensamente sobre o que Claudio representava para Laura, não se interrogara sobre os sentimentos dele pela pequena. Ele a amaria também?

Não, isso não. Impossível. Ele nunca a vira. E nunca a "colocara na sua cama", como ele gostava de falar de suas conquistas. Sempre se interessara por mulheres fulgurantes, ardorosas, talentosas. Como Hélène.

Então o que seria? Hábito? Afeição? Gratidão?

Claudio voltou-se para ele.

– Fui até a Agência ontem – anunciou desafiadoramente.

– Eu sei. Soube por Henri – respondeu David, com calma. – Ele me ligou, lamentando não ter estado presente. Parece que você causou um frisson. Todas as garotas só falam de você, de sua cura. Depois disso, não espere que os jornalistas continuem ignorando o milagre por muito tempo.

– Ela não deixou nada – continuou Claudio, como se não tivesse escutado. – Nem endereço nem telefone.

– E sabe o que isso significa? – irritou-se David. – Que ela quer ser deixada em paz. Pare de procurá-la, respeite sua decisão.

– Irei respeitá-la quando tivermos colocado as coisas em pratos limpos – explodiu Claudio. – Quando eu a tiver diante de mim.

– Mas é justamente o que ela não quer, não entendeu? Ela não quer que você a veja.

– O que sabe sobre isso?

David tirou do bolso um pequeno envelope. Hora de dar a má notícia.

– Encontrei isso na minha correspondência. É a chave desta casa. Não havia bilhete nem nada, naturalmente.

Claudio apoderou-se do envelope, retirou a chave, apertou-a nas mãos. Seu rosto era puro sofrimento.

– Por que agora? Por que não deixou no Pierre, junto com o resto? Eu esperava...

– Muito provavelmente porque ela não a levara para Nova York e esperou nosso regresso para devolvê-la – explicou David, com uma voz mais branda.

Claudio apontou para a casinha colorida e, por um instante, David achou que ele a destruiria. Mas o cantor apenas se virou e voltou ao salão. David o seguiu.

– O papel de Violetta será oferecido a Hélène. Se você concordar, claro.

Era exatamente a programação que haviam iniciado dois anos antes. Eles tinham começado a ensaiar juntos os principais duetos da ópera.

– Naturalmente – disse Claudio, com a voz apagada.

– Ela ainda não sabe. Quer que eu me encarregue disso?

– Não precisa. Eu mesmo faço! Ela vem aqui à tarde.

31

Olhou para aquela mulher exuberante largada na cama. Aquela artista cheia de ardor e talento que acabava de se entregar a ele, com a qual dividira o prazer, sua amante, sua deslumbrante parceira e pensou: "Eu deveria estar feliz."

Quando, no início da noite, envolta em perfume, ouro e musselina, ela tocara a campainha, ele decidira ser feliz.

Abrira uma garrafa de champanhe para ela e brincaram de adivinhação.

– A que vamos brindar?

Ela teria direito a três respostas.

– À sua cura? – perguntou ela.

– Isso já foi feito. Vá mais longe.

– A um futuro concerto que daremos juntos?

– Está quente. Mas ainda não chegou lá.

Com uma risada um pouco tímida, ela, que de tímida não tinha nada, deixara escapar:

– Ao nosso noivado?

Pego de surpresa, ele batera sua taça na dela, rindo:

– A você. A Violetta.

E ela chorara de felicidade.

Ela abriu os olhos, viu o rosto dele e sorriu.

– Vamos espairecer – decidiu. – Uns dias fora daqui, só nós dois. Você terminará sua recuperação curtindo um sol.

– O sol está proibido para o meu olho novo – brincou ele.

– Então vamos para o norte, para qualquer lugar. Para apagar o que aconteceu e recomeçar como antes.

Antes... quando tinham acabado de se conhecer, quando Claudio estava apaixonado. Quando começavam a ensaiar *La Traviata*. Antes da tragédia.

– A gente não apaga nada – observou ele. – Navegamos sobre o passado, tentando seguir adiante, apesar de tudo.

Ela ergueu os braços para se alongar e suas inúmeras pulseiras tilintaram. Fazia o possível e o impossível para ficar bronzeada o ano inteiro e sua lourice sobre a pele dourada o fizeram pensar numa leoa.

– Estou tão feliz. – Ela suspirou. – Não consigo acreditar.

– Também reluto em acreditar – confessou ele.

Ela o enlaçou novamente e ficaram um instante em silêncio. Ele sentiu uma súbita vontade de ficar só.

– Por favor, não fale nada aos jornalistas por enquanto.

– Ora, por quê?

A mídia fazia parte de sua estratégia. Eles se apreciavam mutuamente.

– Como é possível ainda não ter anunciado que recuperou a visão? – lamentou ela.

– Não quero sensacionalismo. E, por enquanto, não quero responder às perguntas.

– Terá que fazê-lo um dia.

– David se encarregará disso quando eu lhe der sinal verde.

Ela se apoiou num cotovelo, espreitando sua reação, falando com uma voz de quem não se importava:

– A propósito, e sua assessora de imprensa? Vai continuar com ela?

– Ela pediu demissão – respondeu ele.

– Ótimo – aprovou Hélène. – Uma garota educada, mas certamente não à altura de seu retorno aos palcos. Isso vai ser um grande acontecimento – acrescentou sofregamente. – Nosso retorno!

Sem desgrudar os olhos de Claudio, ela colocou a mão sobre ele, passeando sobre sua barriga a ponta de suas unhas quase negras. Seus dedos cheios de anéis de diva roçando seu sexo, segurando-o e apertando-o repetidas vezes, provocando-o, ansiando por sua rendição.

Ele fechou os olhos. A última mulher que tivera em sua cama fora a "assessora de imprensa não à altura". E havia sido ela quem lhe permitira retornar aos palcos.

"Você será Alfredo."

Ele imaginou a mão de Laura sobre ele, fina, leve, sem anel, sem esmalte e foi tomado por um desejo violento. Afastou Hélène e saiu da cama.

– Está fugindo? – brincou ela, meio desconcertada.

– Estou com fome – mentiu ele. – Convido-a para jantar onde quiser, madame.

Ele entrou no banheiro. Deviam ser umas oito horas. Após o jantar, pediria a Hélène que o colocasse num táxi. Se ela insistisse em acompanhá-lo até em casa, não lhe convidaria para entrar.

Mesmo apaixonado, nunca sentira vontade de ficar com uma mulher a noite inteira, reencontrá-la ao despertar e dividir o café da manhã. No hotel, por ocasião de viagens ditas de "lazer", reservava sempre dois quartos. Hélène muitas vezes queixara-se disso. Sua manhã era sagrada, ele explicava, reservada ao silêncio e ao canto.

"Vamos brindar ao nosso noivado?", perguntara ela pouco antes. Ele precisava tomar cuidado para não lhe dar falsas esperanças.

Ligou o chuveiro. A lembrança de um corpo miúdo em sua cama *king size* no Pierre voltou-lhe à mente. Um corpo discreto, como procurando se fazer esquecer. Um pardal ao alcance de sua mão, pouco antes de voar. Para onde? A saudade tragou-o feito uma água escura.

Hélène esperava-o na porta do banheiro, nua. Estendeu-lhe uma taça de champanhe.

– *Io amo Alfredo* – disse ela.

32

Um dia, Claudio devia ter 8 anos, pediram-lhe na escola que definisse "otimismo" e "pessimismo". Em sua lição, ele respondera ingenuamente: "O otimismo é papai, o pessimismo é mamãe."

Seu pai estava sempre animado: planos, excursões, viagens... a patinação no gelo no lago do Central Park. A mãe de Claudio freava tudo: muito arriscado, muito longe... quando não irracional ou ridículo. Como se sonhar, empreender, ou pura e simplesmente divertir-se, lhe parecesse inútil, até mesmo desprezível.

Quando ele largara o curso de direito para se dedicar ao canto, seu pai o incentivara: "Se é o que quer, vá em frente!" "Cuidado", advertira a mãe, com medo.

E quando, de volta dos Estados Unidos, ele anunciara à mãe: "Recuperei mais de vinte por cento da visão", ela manifestara alegria, claro, mas insinuando-lhe ao ouvido um "Cuide-se assim mesmo" que lhe congelara o coração.

Ao marcar um encontro com seu pai depois de quase dois anos de silêncio, Claudio se perguntara como seria recebido. Jean Roman limitara-se a algumas palavras emocionadas, apertando-o nos braços.

– Eu tinha certeza de que tudo daria certo.

Ele estivera entre aqueles que, no dia seguinte ao acidente, o haviam estimulado a se candidatar a um transplante de córnea. Claudio não quisera ouvir falar do assunto.

"Um pai que acredita em milagres, isso é insubstituível", dissera Laura, antes de lhe fazer outra exigência: que reatasse com o dele.

Olhando aquele homem de rosto enérgico à sua frente, transbordando a felicidade do reencontro, Claudio compreendia que, mais uma vez, sua mãe destilara seu veneno.

"Seu pai foi embora. Não conseguiu ver você diminuído. Os homens são assim, covardes na adversidade. Mas eu estou aqui."

Ela fizera de tudo para se instalar com ele em Neuilly. Graças a Deus – e a David – ele recusara com firmeza. Mas rompera com o "fujão".

Numa frase, Jean Roman acabava de restabelecer a verdade.

– Eu não suportava mais a atmosfera de luto permanente na qual ela me obrigava a viver. Mas eu acreditava em você.

"Perdoe-lhe", pedira Laura.

Ele fitou seu pai nos olhos.

– Perdoe-me – disse.

Terminavam de jantar num restaurante com vista para o Sena nas cercanias do teatro dos Champs-Élysées. A escolha não fora ao acaso. Barcos deslizavam pela água. Nas avenidas, as folhas das árvores começavam a ficar verdes.

Eu enxergo.

– E agora, tem a intenção de voltar a morar com sua mãe? – perguntou o pai.

– Vai me odiar se eu lhe disser que não?

Lembrou-se de Hélène no dia anterior. Quando voltaram do restaurante, ela insistira em deixá-lo em casa e, diante de sua recusa, chamara-o de egoísta, de garotão mimado.

Não teria sido em virtude das relações conturbadas entre seus pais, daquela mãe depressiva e possessiva, que ele nunca quisera um compromisso? Medo de cair na mesma armadilha? A música não fora um pretexto fácil? Naquela noite, ao se questionar, ele experimentou uma sensação de alforria.

Mas isso não iria melhorar suas relações com sua impetuosa parceira.

O maître serviu-lhes o conhaque em amplas taças *ballon* e abriu diante deles uma caixa de charutos. Havia de todas as origens. Jean Roman escolheu um com cuidado e o acendeu. Claudio não perdia nenhum de seus gestos e o aroma amadeirado, áspero e visceral impregnou-o

150

de uma sensação de bem-estar. Um reencontro não é feito apenas de beijos e perdão, é também uma oportunidade para reatar com antigos prazeres, que repousam nas águas adormecidas da memória, presas em suas raízes profundas.

– Quer ouvir uma grande notícia? – perguntou ele. – Muito em breve você poderá admirar seu filho em *La Traviata*.

Os olhos de seu pai brilharam.

– Alfredo? Sério?

– E a bela Hélène no papel de Violetta.

Era assim que Jean Roman a chamava: "a bela Hélène". Claudio apresentara-a a ele antes de seu acidente e garantira ter se apaixonado loucamente.

– Meu Deus! Que soberbo presente de cura você nos oferece, meu filho! Vocês vão arrasar.

"Isso é prudente?", teria perguntado sua mãe.

Claudio voltou os olhos para Paris. Procurou a cúpula iluminada da Sacré-Cœur, em Montmartre.

– Conheci alguém – falou.

Jean Roman ouviu, admirado, a voz do filho; uma voz repentinamente abafada, como se atônita diante das próprias palavras que pronunciava. Era raro Claudio fazer confidências.

– É uma cantora? – perguntou com prudência. – Eu a conheço?

– Não. Ela não é do meio, mas compreende música – respondeu.

O tom ficou mais intenso.

– Prometi a ela convidar vocês dois para a estreia de *La Traviata*.

– Então o prazer será duplo para mim.

Claudio tomou um gole do conhaque. Seu pai imitou-o. Largara o charuto. Estar ali, atento, sem nenhuma pressa... Não romper o tênue fio da confiança, da confidência.

– Suponho que seja uma beldade – aventurou-se.

Claudio fez que não com a cabeça.

– Pois parece que não é. Nem sequer bonita. Mas tem charme e belos olhos.

– Parece? – Jean Roman ficou desconcertado.

Claudio apontou a sala cheia.

– Está vendo, se Hélène entrasse aqui, todos os olhares a seguiriam e as conversas seriam interrompidas. Já ela, nem seria notada.

– E como a conheceu?

Claudio hesitou.

– Fui apresentado. Ela vem da Normandia, de uma pequena aldeia. Seu pai é padeiro.

Jean Roman não pôde deixar de sorrir.

– Então evite apresentá-la à sua mãe. Não tenho certeza de que ela fosse gostar.

Claudio ficou sério. Ele pelo menos ouvira?

– Ela é alegre como uma garotinha e feroz como um passarinho – continuou. – Sim, teimosa feito uma mula e mais caridosa que uma pequena freira. Aliás, ela acredita em milagres.

Mais uma vez olhou para a cidade, parecendo procurar aquela cujo retrato acabava de esboçar. Claudio às vezes contava suas aventuras. Em geral, zombava delas. Em outras ocasiões, falava em termos um tanto grosseiros das mulheres que possuíra. Era a primeira vez que o pai o ouvia falar de amor.

– Devo esperar a estreia para ser apresentado?

– Esperemos que não – respondeu Claudio, brevemente.

E Jean Roman perguntou-se por que o olhar do filho estava novamente como que escurecido pela noite.

33

O UVINDO UMA voz masculina atender depois que, mais uma vez, quase mecanicamente, discara o número do conjugado, Claudio sentiu um medo atroz.

Mais tarde iria se perguntar a razão.

Pediu para falar com Laura Vincent.

– Ela não mora mais aqui. Sou o novo locatário – respondeu o homem; e o peito de Claudio se dilacerou.

– Será que posso dar um pulo aí? – ouviu-se perguntar.

Do outro lado da linha, hesitaram: sete horas da noite, um desconhecido... E quem sabe se o seu interlocutor não estava se preparando para ir a algum lugar? Então Claudio disse quem era. Geralmente, evitava, mas...

– O senhor? Mas é claro, cavalheiro. Quando quiser...

Jean-Pierre sabia o caminho, pois já acompanhara Claudio até lá antes. Dessa vez, não precisou da ajuda do motorista para subir. Os óculos que Leblond receitara melhoravam sensivelmente sua vista.

Na escada, parou para se lembrar. Naquele dia, que lhe parecia tão distante, não estava esbanjando felicidade? Havia esperança e a mão de Laura para guiá-lo.

Um rapaz de uns 20 anos abriu a porta. Um cheiro de sabonete impregnou o pequeno apartamento e Claudio sorriu: teria tomado banho para recebê-lo?

O rapaz estendeu-lhe a mão.

– Meu nome é Henri Cayeux. Entre, senhor. É uma grande honra recebê-lo em minha casa.

Imediatamente, Claudio observou a tábua sobre o cavalete e o sofá de três almofadas.

– Ela deixou os móveis?

– Eu os comprei. Ela aproveitava muito bem o espaço. Para a cama, evidentemente, é um pouco apertado.

Os pés do novo locatário deviam sobrar. Convidar uma namorada, então, sem condições.

"É a vantagem de ser pequena", comentara Laura, com bom humor.

Na parede, Claudio procurava a reprodução do quadro de Magritte, mas naturalmente não estava mais lá.

– Posso lhe oferecer alguma coisa para beber?

– Sim, obrigado.

A emoção deixara-o com a garganta seca. Ele seguiu Henri pela quitinete – três passos –, passando pelo boxe do chuveiro, separado das panelas por uma simples cortina: um *loft* de bolso, uma gaiola de passarinho.

– Cerveja? Coca-cola?

– Cerveja, por favor.

O locatário se agachou e, de um isopor de piquenique, tirou duas latinhas, depois apontou para Claudio o sofá-cama, no qual ambos se sentaram lado a lado.

Com os olhos fechados, Claudio explorava os odores. Na tarde em que viera, cheirava à água-de-colônia que ele dera para Laura. "Acho que cheira um pouco a Natal", dissera.

Agora era só o cheiro do rapaz, de livro e de cigarro.

Abertas as latinhas, Henri estendeu uma para Claudio.

– Então o senhor não sabia que a Srta. Vincent tinha se mudado? – admirou-se.

E ele, que escondera a verdade para Hélène, revelou-a prontamente ao desconhecido.

– Não. Tampouco sei onde ela está. Estou atrás dela. Tudo que puder dizer a seu respeito me será útil.

– Mas eu não sei nada – lamentou o rapaz. – Só a vi duas vezes: quando vim visitar o apartamento e, dois dias depois, quando lhe entreguei o cheque pelos móveis. Tudo foi muito rápido. Ela estava com pressa.

– Ela não falou para onde ia?

– Não.

– Não deixou nenhum número de telefone?

– Nada.

Nada... A palavra que Claudio ouvira o tempo todo, como um soco, desde Nova York. Uma palavra que anula tudo. Como se nada jamais tivesse existido entre Laura e ele e tudo se houvesse apagado justamente no momento em que recuperava a visão.

A noite o aprisionava novamente. Ele dava uns goles na cerveja. Estava quente.

– Como encontrou esse conjugado?

– Por intermédio do vizinho, um velho senhor a quem às vezes faço um favor. Foi ele quem me avisou que ela ia partir. O proprietário aceitou que eu a substituísse. Tive muita sorte: havia muito tempo que eu vinha procurando uma coisa decente.

O olhar de Claudio percorreu os dois quartos de empregada reunidos. Alguma coisa decente... O melhor eram as janelas quase grudadas, que pareciam tragar o céu para dentro do conjugado. Quase Magritte. Naquelas janelas, o pintor teria desenhado um rosto. Ou um passarinho?

Claudio não pediu ao rapaz que lhe descrevesse Laura. Conhecia a resposta: ele a dera ontem ao pai.

– O que você estuda? – indagou, apontando a mesa onde se amontoavam livros e pastas.

– Estou preparando uma tese em literatura; gostaria de ensinar francês. Também gosto muito de música. Eu estudava piano quando era criança. Tive que parar por falta de espaço.

Aponta para os poucos metros quadrados. E completou:

– Tenho vários CDs do senhor. Admiro-o muito. Fiquei realmente muito feliz quando soube que tinha recuperado a visão.

– Em breve interpretarei Alfredo em *La Traviata* – disse-lhe Claudio.

As palavras vieram naturalmente aos seus lábios. Talvez por causa do piano do qual o rapaz fora privado: uma espécie de presente que lhe oferecia. Depois de seu pai, ele fora o primeiro a saber da grande notícia.

– Vou lhe enviar um ingresso – acrescentou.

– Ah, obrigado, obrigado! – exclamou Henri Cayeux, em êxtase.

E subitamente franziu os olhos e se levantou.

– Espere.

Numa pilha sobre a mesa, pegou um livro e estendeu-o para Claudio.

– Encontrei-o atrás do sofá.

É um livro de bolso: *A dama das camélias*. Claudio abriu-o. O nome de Laura estava escrito sobre outro: fora comprado num sebo.

– A propósito, *La Traviata* é uma adaptação desse romance, não é? – perguntou o estudante.

– Isso mesmo.

Laura lhe dissera ter lido quando menina. Teria comprado de novo?

– Posso ficar com ele?

– Claro! O senhor o devolverá à Srta. Vincent quando a encontrar.

O estudante dissera aquelas palavras com convicção, uma maneira de indicar a Claudio que estava torcendo por ele. Com um nó no peito, este último se levantou.

– Obrigado.

Antes de sair, seus olhos percorreram pela última vez a "coisa decente" onde Laura vivera após tê-lo deixado em seu luxuoso palacete.

"Como ocupa suas tardes?"

"Eu viajo."

Enquanto descia a escada, foi varrido por uma onda de ternura. "Quando a encontrar", dissera o estudante.

Quando a encontrar, iria ajudá-la a achar um lugar melhor para morar. Se preciso, a levaria para Neuilly. Havia quartos de sobra e Maria gostava dela. E assim ele poderia se certificar de que ela não voaria novamente. Interesseiro!

Ele parou num degrau, incrédulo, dividido entre a autoironia e a dor, a vontade de rir e gritar. Acabara de planejar instalar uma mulher em sua casa?

Pobre Hélène!

34

CONSEGUIRIA ENCONTRÁ-LA?

Fora à Agência e ao seu apartamento, interrogara todos aqueles que se aproximaram dela naquelas últimas semanas. Em vão.

Restava-lhe a família: o pai padeiro, a mãe e a bela.

Laura não podia tê-los deixado sem notícias. Era muito apegada a eles. Quem sabe não se refugiara lá, em Villedoye?

No computador, Claudio encontrara um único Vincent na aldeia: Fernand. Laura nunca pronunciara seu nome; só o chamava de "pai", como uma boa filha. Então era ele.

Já ligara duas vezes. Em ambas, fora a mãe que atendera: uma voz forte.

– Ela não está, senhor. Quem deseja?

Da primeira vez, respondera que era da Agência. Da segunda, David.

– Não sabe onde posso encontrá-la? É importante.

O "não" fora inapelável. Laura teria deixado instruções para não falarem nada? Não falarem nada *para ele*? Desligara cheio de vergonha e raiva.

Maio se anunciava com sua ternura, suas flores e suas promessas. Os ensaios iam começar em breve. Claudio decidiu ir a Villedoye.

Laura descrevera-lhe tantas vezes seu pai que ele julgava conhecê-lo. Era quem ele queria encontrar. Decidiu visitá-lo na segunda-feira, dia em que, segundo as informações que obtivera, a padaria não abria. Que hora seria a mais propícia para aparecer de surpresa? Se se anunciasse, temia que não o recebessem. Resolveu ir às três e meia da tarde, depois do almoço e depois da sesta. Se Fernand tivesse saído, paciência, esperaria o tempo que fosse necessário.

O vilarejo situava-se em pleno campo a aproximadamente 20 quilômetros de Deauville. Claudio pediu a Jean-Pierre que o levasse até lá.

– Vamos fazer uma visita à família da Srta. Vincent – limitou-se a dizer.

O motorista não fez comentários e ele ficou grato por isso.

Claudio escolheu seu traje para se apresentar ao padeiro: terno e gravata. Vestir roupas muito informais seria falta de respeito. Precisaram de duas horas para chegar.

O tempo estava ventoso e nublado, mas as macieiras floriam nos jardins, e, na soleira das casas, desabrochavam frondosos arbustos de hortênsias. A padaria-confeitaria ficava numa pracinha perto da igreja. Claudio pediu a Jean-Pierre que o esperasse em frente a ela.

– Boa sorte, senhor – murmurou o motorista quando ele deixou o carro, e ficou ainda mais aflito.

As poucas lojas estavam fechadas; ruas e becos, desertos. Quer dizer que Laura crescera naquela calma, quase apatia. Quanta personalidade e vontade precisara demonstrar para escapar dali e tornar-se a moça inquieta e inteligente que ele conhecera!

No caminho, pedira a Jean-Pierre que descrevesse o carro dela e o motorista rira: "Uma ruína, senhor! A senhorita dizia que ele estava reservado para o senhor e para a Normandia."

Não havia nenhum veículo com aquele aspecto nos arredores da padaria.

Uma simples cortina de lona bege estava baixada sobre a vitrine. A casa tinha apenas um andar. As janelas estavam abertas, uma cortina esvoaçava. Claudio bateu na porta adjacente à loja. Ouviu um passo pesado descer uma escada e Fernand Vincent apareceu.

Era um homem baixinho, com uma abundante cabeleira grisalha e olhos castanho-esverdeados; os olhos de Laura? Claudio não viu neles nenhum arco-íris, apenas desconfiança: Fernand Vincent o reconhecera.

– Laura não está aqui – disse ele bruscamente. – Minha mulher também não. Foi a Deauville visitar nossa filha mais velha.

Parecia recriminar o cantor por tê-lo surpreendido sozinho em casa. Vestia calça jeans, camisa polo e seus pés estavam descalços. Claudio interrompera seu repouso?

– Foi para falar com o senhor que vim – disse ele.

O pai de Laura abriu passagem.

– Entre!

Viram-se num corredor estreito, no qual havia capas de chuva pen-
duradas na parede e botas de todos os tamanhos espalhadas no chão. O
padeiro apontou uma porta.

– Por favor.

Era certamente a sala de jantar: uma mesa redonda forrada com uma
toalha de plástico, algumas cadeiras, pratos nas paredes, uma pequena
estante e um aparelho de TV. Havia cheiro de pão.

– Sente-se.

Claudio sentou-se à mesa sobre a qual havia uma caixa de costura e
o vestido de uma garotinha.

– Quer beber alguma coisa?

– Não, obrigado, tudo bem.

O homem pareceu aliviado. Escolheu uma cadeira na frente de Claudio, cruzou as mãos sobre a mesa e esperou.

O tenor apresentara-se diante de plateias lotadas. Enfrentara as
câmeras de televisão mundo afora e respondera às perguntas de centenas de jornalistas. Apertara a mão de chefes de Estado. Naquela tarde,
diante do padeiro de Villedoye, sentia-se um estudante vindo pedir um
favor e temendo ser repelido.

– Estou mesmo à procura de Laura – explicou. – Ela me permitiu
recuperar a visão. Eu gostaria de lhe agradecer por isso, mas ela desapareceu e não faço ideia de onde encontrá-la. Pensei que talvez o senhor
tivesse notícias dela.

– Temos de tempos em tempos – reconheceu o pai, com prudência.

– Ela pediu demissão da Agência onde trabalhava e se mudou. Para
ser sincero com o senhor, tenho a impressão de que ela está fugindo de
mim e não entendo por quê – continuou Claudio, com dificuldade. –
Sei que às vezes ela falava a meu respeito com o senhor. Ela lhe deu uma
razão para isso?

– Não, senhor. Apenas nos comunicou que havia mudado de emprego e de apartamento.

O homem estava sendo sincero. Claudio leu isso em seu olhar. Fernand Vincent não sabia mais do que ele sobre as razões da fuga de Laura.

– O senhor esteve com Laura depois que ela regressou dos Estados Unidos? – perguntou ele.

A estupefação cresceu nos olhos de seu interlocutor.

– A pequena foi aos Estados Unidos?

– Foi lá que fiz o transplante de córnea. Em Nova York – explicou Claudio.

Na véspera da cirurgia, a "pequena" e ele haviam composto o cardápio do jantar inspirados naquele homem e em sua esposa. Mais tarde, Laura fora até o seu quarto.

– Ela realmente nos contou que o senhor havia recuperado a visão. Pensamos que era por isso que ela deixara o emprego, porque o senhor não precisava mais dela.

Não precisava mais dela... Claudio sentiu uma pontada. Se fosse só isso!

– Ela contou o que está fazendo agora?

– Não, senhor.

– Sabe onde ela está morando?

– Também não falou.

– Mas ela pelo menos deixou um número de telefone?

– É sempre ela que liga para cá.

Fernand Vincent respondera com uma voz cansada, como se também criticasse Laura por uma espécie de abandono. E pensar que ele esperava encontrá-la ali.

"Teimosa feito uma mula", dissera Claudio a seu pai. E como! Evitando que ele a encontrasse, ela apagava sistematicamente seu rastro. E David tinha razão: era melhor desistir.

Estou enxergando, serei Alfredo, encontrei meu pai... Para que me preocupar com aquela chata? Para que perder tempo ali quando tantos planos grandiosos me aguardavam?

Mas se ele enxergava, se ia ser Alfredo, se reatara com Jean Roman e o aroma do charuto paterno, devia tudo isso exclusivamente àquela chata.

Seu olhar pousou na estante. Entre os livros, observou uma grande fotografia numa moldura. Refreando as batidas do coração, levantou-se e correu para pegá-la, como se temesse que o impedissem.

A fotografia fora tirada no famoso deque de Deauville. Fernand Vincent e a esposa, uma mulher bonita e robusta, mais alta do que ele, seguravam os ombros de duas garotinhas de pé à sua frente: uma loura esguia de cabelos compridos e lisos e uma moreninha de franja que encarava a lente com uma expressão feroz.

Claudio debruçou-se sobre a pequena, o coração derretendo de ternura: 5, 6 anos? Um passarinho.

Com o retrato ainda nas mãos, voltou-se para o pai.

– Não teria outras fotos dela? Mais recentes? – suplicou. – O senhor compreende, nunca a vi!

– Laura não gosta de fotografias. Nesse ponto, é o oposto da irmã – respondeu brevemente Fernand, olhando para outro canto.

E Claudio compreendeu que, se ele as tinha, não as mostraria sem a autorização da filha. E soube também que seria inútil pedir para visitar seu quarto.

O pai ergueu subitamente a cabeça e fitou-o com raiva.

– Ela está infeliz – acusou. – Não adianta ela tentar esconder, a gente vê. O que fez com ela?

– Não sei. De verdade – respondeu Claudio, com esforço. – E eu também estou infeliz. Só peço uma coisa, senhor: que ela volte.

Interrompeu-se para engolir a saliva. Sua garganta parecia de chumbo.

– Posso lhe pedir um favor?

A desconfiança assombreou novamente o semblante de Fernand Vincent. Ele não respondeu.

– Quando ela ligar, diga-lhe que estou à sua espera. Diga-lhe que a chave continua no esconderijo. Ela entenderá.

Pela primeira vez, viu passar um pouco de calor no olhar do homem.

– Direi.

Claudio recolocou o retrato no lugar, entre os livros: romances de Delly com a capa cor-de-rosa. Sorriu involuntariamente. Não vivia uma história parecida com as que a ilustre autora costumava escrever? O herói na busca frenética da heroína desaparecida.

O pai levantara-se. A audiência estava encerrada.

– Obrigado por ter me recebido – disse Claudio. – E perdoe-me pelo incômodo.

Estudantes com mochilas nas costas admiravam o carro em frente à igreja. Jean-Pierre estava do lado de fora encostado numa árvore. Ao ver o patrão, colocou o quepe e foi abrir a porta.

Na soleira, o padeiro balançou a cabeça, como se agora entendesse o desaparecimento da filha. A vontade de Claudio foi lhe dizer que nem o carro nem o motorista lhe pertenciam, eram de seu agente. Realmente, sentia-se ridículo. Desculpe... Obrigado... Esse carro não é meu... Precisava se justificar por ser um tenor renomado e viver bem, graças a seu trabalho e seu talento?

Os dois homens apertaram-se as mãos.

– Pão e música, é verdade que o senhor lhe disse isso? – perguntou o pai.

– Os dois alimentos indispensáveis à vida – completou Claudio.

Uma reprimenda atravessou o olhar triste pousado sobre ele.

– Está esquecendo o amor, cavalheiro.

35

Vivo de um amor secreto
Esse amor que faz palpitar
o universo inteiro
Amor misterioso,
tormento e delícia do coração.

CLAUDIO FAZIA suas essas palavras, cantadas por Alfredo para Violetta durante o primeiro ato de *La Traviata*.

Exceto o "delícia do coração".

Se, quando telefonara para o apartamento dela e ouvira um homem atender, um medo terrível o apunhalara, era porque, por alguns segundos, imaginara que Laura houvesse conhecido alguém.

Se todos os dias, às três da manhã, e a despeito de haver recuperado a visão, acordava angustiado, procurando um ombro, uma mão, uma voz... era porque, nos braços de Hélène, após um breve instante de prazer, era invadido pela tristeza e pela vontade de fugir...

E se, finalmente, o pão e a música não eram mais suficientes para alimentar sua vida...

Não era porque amava Laura?

Amor misterioso, ainda mais para ele. Como Claudio, que se gabava de sempre impor uma distância com relação às suas conquistas e de nunca se deixar prender, caíra na armadilha?

Amor secreto, cuja existência, até aquele momento, ele quisera ignorar.

Certa noite – em Nice, no último outono, quando fora até lá cantar

Mendelssohn – Claudio perguntara a Laura o que era o amor para ela e se divertira com as respostas.

"É curioso. Ao mesmo tempo que ele nos deixa sem fôlego, temos a impressão de nunca termos respirado tão bem."

Após o seu desaparecimento, sentia falta de ar. Respirar era como ter uma montanha dentro de si para erguer: "o universo inteiro?" E ele imaginava os dois alçando voo juntos.

"Queima feito brasa e tudo que pedimos é que continue a queimar", dissera Laura.

Bastava evocar seu nome, o corpo miúdo entre os braços, uma fotografia de garotinha numa estante, para sentir-se arder. E não, santo Deus, não queria continuar a arder, uma vez que ela não estava ali para apagar o fogo.

Finalmente, com uma voz tímida, como se perplexa com as próprias palavras, Laura dissera: "Temos a impressão de que antes apenas fingíamos viver."

Verdade? Quando ainda possuía ambos os olhos e, cheio de paixão pela profissão, ia de festa em festa, de sucesso em sucesso, Claudio fingia viver? Ora... Se foi realmente assim, queria mesmo era reviver esse engano.

"Você fala como nas canções", ele zombara.

Ela perguntara: "Como nos Lieder de Mozart?"

Este, por exemplo?

Como eu poderia viver, ó pequena, sem você?
Alheio a toda alegria, eu sobrevivo na dor.

Que se chamava: *Das Lied der Trennung (A canção da separação).*

Os ensaios começaram no teatro dos Champs-Élysées. O diretor era o mesmo escolhido dois anos antes, um amigo de Claudio, assim como o barítono italiano a quem foi entregue o papel de Germont, pai de Alfredo. Cantaram juntos em diversas ocasiões.

Tudo fora entrando nos eixos harmoniosamente, como se o retorno de Claudio aos palcos e sua cirurgia bem-sucedida houvessem sido esperados, programados.

David contratou um assessor de imprensa. Homem. Informados sobre o retorno, os jornalistas mostraram-se discretos quanto à cirurgia. Lembrando-se de que o cantor abandonava entrevistas caso o interrogassem sobre sua enfermidade e as circunstâncias que a tinham provocado, falaram essencialmente da obra de Verdi e da dupla excepcional que Claudio formava com sua parceira de sempre: Hélène Reigner.

Ah! se fosses minha
como um guardião eu vigiaria
seus dias galantes.

Naquela tarde o palco estava apinhado com os atores ensaiando o primeiro ato. Era o momento em que, por ocasião de uma alegre festa, Alfredo declarava seu amor por Violetta. Subitamente, Hélène repeliu Claudio com brusquidão.
– Chega!
Sua voz estava furiosa, o rosto, vermelho de indignação. Todos os participantes ficaram petrificados.
– Olhe para mim – ordenou ela ao tenor, com voz rouca.
– Mas faço isso o tempo todo...
– Não como antes. Você não me olha como antes.
– É que tenho apenas um olho para admirá-la – Claudio tentou gracejar.
Hélène balançou a cabeça com raiva.
– Não é para mim que você está cantando e sabe muito bem disso.
E, para consternação geral, abandonou o palco.
Claudio se calou. Sim, ele sabia.

Acontecera na véspera. Acabavam de deixar o teatro: seis da tarde, um crepúsculo ameno e perfumado. Para relaxar, haviam decidido caminhar um pouco.
Um ensaio é ao mesmo tempo um momento de exaltação e uma provação. O momento de o artista entregar-se a seu personagem, esforçar-se para sentir o que ele sente, assimilar as emoções e transmiti-las, sem, por isso, desistir de ser ele mesmo. É assim que ele convencerá a plateia.

Uma espécie de parto do qual se sai feliz e esgotado.

Claudio e Hélène chegaram aos Champs-Élysées perto do teatro. Uma pequena multidão circulava pelas aleias sob as árvores, nas quais os brotos rebentavam. Hélène tomou o braço do companheiro. Contrariando seu hábito, estava calada. Preocupada?

E de repente Claudio ficou imóvel. Aquele perfume! Um perfume que anulava todos os outros – o de uma água-de-colônia: Elle.

A jovem que o usava acabara de passar por eles. Pequena, magra, cabelos castanhos na altura dos ombros, estava sozinha. O coração de Claudio disparou, ele não conseguira refrear a esperança. Largou o braço de Hélène e foi até a moça. Pousou a mão sobre seu ombro:

– Laura?

Ela se voltou. Tinha um rosto bonito, olhos escuros.

– Meu nome não é Laura, cavalheiro.

A mão de Claudio voltou a cair. Não, não era Laura. E tampouco era sua voz ligeiramente áspera: mel silvestre. Como ele pôde cogitar? Definitivamente, estava enlouquecendo.

– Desculpe, senhorita.

– Então era isso – sibilou Hélène, rangendo os dentes. – É ela.

Ele não negou.

"Não é para mim que você está cantando e sabe muito bem disso."

Hélène acabara de deixar o palco. Todos cercaram Claudio.

– Mas o que está acontecendo? O que ela quis dizer com isso? Você entendeu alguma coisa? – perguntou o diretor.

Claudio se esforçou para rir.

– Surto de diva. Não se preocupe, ela voltará.

Enquanto esperavam, ensaiaram outra cena. O inconveniente, em *La Traviata*, é que Violetta é onipresente. Toda a ação está centrada nela e em seus sentimentos: amor, generosidade e renúncia. E, quando ela está ausente, só se fala dela.

Hélène só voltaria no dia seguinte.

36

O JORNAL ESTAVA desdobrado sobre a mesa da cozinha, um jornal popular cuja primeira página era estampada todos os dias nas bancas. Maria trouxera-o junto com o pão fresco.

Entrando para cumprimentá-la e pedir o café da manhã, Claudio acabava de descobri-lo.

Sob a manchete "Claudio Roman e Hélène Reigner: uma história de amor?", a fotografia do casal ocupava o centro da página. Debruçado sobre sua parceira, Claudio parecia prestes a devorá-la, enquanto Hélène lançava-lhe um olhar cheio de paixão. Uma foto tirada durante um ensaio.

Como o ensaio com os figurinos só estava programado para dali a quinze dias, ambos usavam roupas comuns. No caso de Claudio, jeans e suéter, no de Hélène, blusa leve e saia. Era possível até imaginar que não estivessem no palco: um casal apaixonado, como tantos outros.

Claudio ficou furioso. Deixou-se cair numa cadeira para ler a entrevista que acompanhava a foto.

Nela, Hélène alardeava sua felicidade por encarnar a heroína da célebre ópera com seu parceiro favorito: um projeto de longa data, um belo sonho enfim realizado.

Impertinente, o jornalista fazia alusão a relações mais íntimas.

"Parece efetivamente que Claudio Roman e a senhorita se conhecem bem."

"Há quem diga 'mais do que bem'", gracejava Hélène.

Farejando o furo, o jornalista não hesitara em ir mais fundo.

"Nesse 'mais do que bem', Hélène Reigner, a senhorita vê um futuro menos cruel que o de Violetta e Alfredo?"

"*Chi lo sa?*" respondia Hélène.

– "Quem sabe"... Miserável, como ousou? – gritou Claudio.

Pôs-se de pé. Ao seu lado, Maria se encolhia toda.

– Desculpe, patrão, eu achei que o senhor já soubesse.

– De quê?

Ele apontou a manchete sobre a fotografia:

– Da nossa história de amor? Você por acaso sabia?

Ele saiu no jardim e tentou respirar. Um medo terrível o sufocava: se Laura visse aquela foto, se lesse aquele texto, pensaria que ele a riscara de sua vida?

O jardim dava nos fundos da casa. Ali Maria improvisava uma despensa. Entre as garrafas vazias, notou uma de champanhe. "Ao nosso noivado?", interrogara Hélène.

Depois houve aquela moça nos Champs-Élysées.

Estava claro: ela se vingava.

Voltou à cozinha, impregnada pelo cheiro do café. Na bandeja, Maria já colocara a xícara, o pão e as geleias. Ele perdera a fome.

Ergueu os olhos e observou, numa prateleira, a casinha de pássaros. Ele mesmo a retirara do pinheiro e colocara ali. Por um momento, pensara em guardá-la em seu quarto. Por que não no salão enquanto ele estivesse ali? Estaria ficando idiota?

Seria usada no próximo inverno?

Sentiu-se estrangulado pela dor.

– Por que ela se foi? – murmurou.

Maria observou-o, parecendo hesitar.

– Por que, Maria? Você sabe?

– Ela deve ter ficado com medo, patrão. Vocês não pertencem ao mesmo mundo.

– Mas isso não quer dizer mais nada nos dias de hoje – rebelou-se ele.

– Para nós sim, patrão.

O café estava pronto. Ela encheu uma xícara e a colocou na bandeja.

– O senhor tomará o café da manhã no salão?

– Aqui, por favor.

Ele se sentou novamente à mesa. Maria dobrara o jornal, como se para protegê-lo, mas não ousara tirá-lo dali. Não pertencem ao mesmo mundo... Claudio sabia perfeitamente que ela tinha razão. Isso queria dizer que ela o chamava de "senhor" e ele pelo seu nome, que ela fazia sua cama, lavava sua roupa, engraxava seus sapatos, preparava suas refeições e que, em quinze anos de convívio, não haviam dividido a mesa uma única vez.

Sem que nenhum dos dois se queixasse disso.

"Evite apresentá-la à sua mãe. Não tenho certeza de que ela fosse gostar", dissera Jean Roman, rindo, quando Claudio lhe contara que Laura era filha de um padeiro.

E o olhar do padeiro para o carro com motorista reforçava a ideia. Dois mundos diferentes.

– Desculpe, Maria – murmurou Claudio.

Com um suspiro, apontou a fotografia no jornal.

– Mas veja: não é essa mulher que eu gostaria de ter ao meu lado.

Aquela que David chamava gaiatamente de sua "babá" balançou a cabeça como se compreendesse. Nem uma única vez haviam pronunciado seu nome e no entanto a "pequena", a insignificante, a modesta, a respeito de quem aparentemente havia tão pouco a dizer, impregnava o lugar com sua presença.

– Então é porque o senhor também a ama – constatou Maria.

Também?

O coração de Claudio bateu mais forte. Maria acabara de dizer que Laura o amava?

Hélène Reigner também morava num sexto andar. Mas num apartamento com dois elevadores, com varanda e vista para o Bois de Boulogne, onde caberiam dez quitinetes de Laura.

Eram quase onze horas quando Claudio bateu à sua porta. Mais de uma vez ela lhe oferecera a chave, mas ele sempre recusara.

Uma bonita empregada de avental, pertencente a outro mundo, recebeu-o com um grande sorriso.

– Sr. Roman. A patroa vai ficar contente!

A "patroa" deitara-se tarde e acabava de tomar banho. Ele a encontraria na varanda.

De penhoar, numa cadeira de balanço, Hélène abria sua correspondência, protegida do barulho e dos olhares por uma barreira de pinheiros. Ergueu os olhos para Claudio.

– Ora, você!

Ele se aproximou e atirou o jornal no colo da cantora.

– Quem a autorizou?

Ela o desdobrou tranquilamente e olhou a foto, balançando a cabeça.

– Até que saímos bem, não acha? Eu não tinha o direito?

Em seus olhos havia ironia, desafio. Ele a odiou. Era de fato uma vingança.

– Essa fotografia foi publicada sem a minha autorização.

– Mas com a minha e a da produção, caríssimo. E, no que se refere à entrevista, ela não me pareceu trair segredos de Estado. Nossas relações são conhecidas, afinal não somos parceiros numa grande e bela aventura?

Ela saiu da cadeira de balanço, deixando o jornal escorregar até o chão.

– Quanto ao nosso futuro, espero que ele volte a existir quando você tirar da cabeça essa pequena insignificante.

A voz dela vibrava de raiva. Ela se encaminhou para o salão. Claudio a seguiu.

– Você parece esquecer que a pequena insignificante me possibilitou voltar a enxergar. E que é graças a ela que a aventura a que você se refere poderá se realizar – observou ele, com a voz gelada.

– Então *grazie, grazie tante* – zombou Hélène, fingindo grande respeito.

Olhou para Claudio com pena.

– Você enlouqueceu completamente, meu amor. Precisa tomar cuidado. Se souberem disso, sua reputação de grande sedutor pode ficar abalada.

– Não sou seu amor – rosnou ele.

Hélène vacilou. Calou-se por um instante, procurando respirar.

– Sabe muito bem que só a deseja porque ela está fugindo de você – provocou, com a voz rouca. – Nunca sofreu uma desfeita desse tipo, não é, meu bem? – Seus olhos agora exibiam mágoa. – Acredite ou não, meu desejo mais ardente é que você a encontre. Se eu soubesse onde ela está se escondendo, eu a traria aqui para que você trepasse com ela. Isto, é claro, se ainda lhe restasse alguma vontade, depois de vê-la – acrescentou com uma risada. – Trepe de uma vez por todas com ela e não se fala mais nisso.

Subitamente, ela foi até ele, com o penhoar aberto: quente, perfumada, oferecida.

– Ah, Claudio! Por que está estragando tudo?

Claudio viu as lágrimas nos olhos de Hélène e elas não o comoveram. Não duvidava de seu amor, mas não o queria mais, pois ameaçava o retorno de Laura.

Sem pena, afastou os braços que estavam prestes a envolvê-lo.

– Está enganada – disse ele. – Se Laura estivesse aqui, eu não treparia, faria amor com ela.

Interrompeu-se.

– Aliás, já fizemos. E, como vê, ainda falo nisso.

37

Do portão, David ouviu o piano. As portas do salão que davam para a sacada estavam totalmente abertas, ele bateu levemente no vidro e entrou. Claudio não se mexeu do banquinho. Schubert.

O agente jogou a pasta numa cadeira e esperou o fim do trecho diante do jardim florido. Havia quem preferisse uma estação à outra; a primavera era a mais popular. David, por sua vez, preferia as manhãs, qualquer que fosse a estação, desde que o sol nascesse em um dia de trabalho e não de miséria, como era o caso de sua infância em Sófia, na Bulgária. Às vezes chegava a se proibir de acordar cedo demais para não ficar muito cansado à noite.

– E então? – perguntou Claudio, às suas costas.

Perdido em pensamentos, David não percebera a aproximação. Voltou-se. Um rosto desconfiado, um olhar sóbrio... Claudio devia desconfiar da razão que o levava ali.

– Então Hélène ameaça largar tudo. Isso o surpreende? Pode me dizer o que deu em você?

– Viu o jornal?

– Vi. E não encontrei ali nada que justificasse o escândalo que você foi fazer na casa dela.

– Escândalo é uma palavra muito forte. E foi Hélène que explodiu quando lhe pedi que não falasse asneiras sobre a nossa vida privada.

– Não vejo onde estão as asneiras.

– Terminei com ela, David – rematou Claudio.

– Podemos dizer que escolheu o momento mais propício para terminar...

O agente voltou as costas para o cantor e entrou no salão. Prometera manter-se calmo: um acesso de raiva não resolveria nada. Mas a situação escapava ao seu controle e ele detestava isso.

– Falei com o nosso produtor pelo celular – disse a Claudio. – Ele e o diretor fizeram de tudo para que Hélène voltasse. Em vão. Segundo eles, ela está à beira de um ataque de nervos. Se porventura ela levar a cabo sua ameaça, eles não conhecem ninguém que possa substituí-la e o ensaio geral já está quase chegando.

Ele se aproximou de Claudio, que tinha o olhar distante. Será que ao menos o escutava?

– De toda forma, goste você ou não, o espetáculo repousa no nome de vocês dois. Todos os esperam *juntos*. E essa fotografia pela qual você recrimina Hélène logo estará em toda parte, assim como outras. É o jogo! Isso não tem nada a ver com a sua vida privada. E não me diga que Hélène não será uma incrível Violetta. Há dois anos era ela que você queria a todo custo. O que mudou?

– Tudo – murmurou Claudio e seu olhar fugiu novamente.

– Tudo o quê?

O cantor voltou-se bruscamente para David.

– Lembra-se de Teresa Stratas?

David ficou pasmo. Teresa Stratas encarnara Violetta no filme de Zeffirelli. O que a trazia aos pensamentos de Claudio?

– Assisti ao filme de novo – disse Claudio. – Você não notou? Ela parece um pássaro ferido, toda fina, frágil. A gente sente vontade de aconchegá-la nas mãos para aquecê-la. Sem dúvida era por isto que eu estava apaixonado na época: um pardal.

A incredulidade e uma espécie de medo invadiram David. Estava entendendo bem? Claudio estava comparando a Violetta de Zeffirelli a... Laura?

– Plácido Domingo poderia carregá-la nos braços sem parar de cantar, como acontecera com Patricia Brooks; todos comentaram isso.

"Ele enlouqueceu", gritara Hélène no celular. "David, essa pequena está tirando Claudio do sério."

E se fosse verdade? Se a recuperação da visão, da vida, tivesse sido abrupta demais? E o desaparecimento da mulher que possibilitara isso...

– Acha que ela me ama? – perguntou Claudio, com voz febril. – Maria pensa que sim. Ela me disse ontem de manhã. Falou: "Então é porque o senhor também a ama." Também...

Apesar de suas boas intenções, David explodiu de raiva. Aquilo era demais! Claudio precisava entender que seu espetáculo estava em jogo.

– Você também? Mas o que significa isso? – gritou ele. – Como pode amar uma garota que nunca viu?

– Pare! – ordenou Claudio.

Levantou-se, tirando vantagem de sua estatura. "Em todo o seu esplendor", pensou David, pois, em sua fúria, Claudio nunca fora tão belo.

– Pare! Você, não! Não me diga que, se eu a visse, não a desejaria mais. Não me diga que não entendeu, você que a conhece.

Eu que a conheço... David ouviu a voz de Laura: "Ele vai enxergar, David, ele vai enxergar!". Aquela fé, aquela generosidade. "Acho que estou com um pouco de medo", também confessara. Aquela fragilidade de passarinho. Lembrou-se daquele almoço em que ela lhe roubara o uísque; de seu bom humor.

Laura era "amável"? David poderia tê-la amado?

A resposta era sim.

Ao passo que, no caso de Hélène, a resposta teria sido negativa: admiração, respeito, mas certamente não amor.

– Claudio, me explique o que eu não entendi – pediu, com mais brandura.

O cantor inspirou profundamente.

– Não posso descrever seus olhos: "Depois das lágrimas, um verdadeiro arco-íris", disse Leblond. Mas senti suas lágrimas na ponta dos dedos e, quando ela chorava, era por mim, não por si mesma, como Hélène. – Seu olhar se iluminou. – E seus olhos? Sabia que ela estava disposta a me doar um?

Sim, David sabia. Quase não acreditara quando Leblond lhe contara.

– Ignoro como é sua boca – continuou Claudio, fazendo o gesto de desenhá-la –, mas me lembro de todas as palavras que ela disse, porque me permitiam enxergar. Quando visitávamos um quarto de hotel, meu pobre David, ela dava de dez em você. Você teria dito: "As cortinas são azuis, amarelas ou verdes", já ela dizia: "Claudio, quando o vento as agita, é como o mar." E eu via as cortinas e, de quebra, os barcos.

Ele apontou um quadro representando uma natureza-morta: uma garrafa, um copo, uma maçã.

– Ela teria dito: "Há água dentro da garrafa. Fiquei com sede, e você?" E eu teria bebido direto da garrafa.

Mais uma vez, encarou David e, estranhamente, nesse instante, tinha a expressão feliz.

– Ela me fazia ver a essência das coisas. Portanto, entenda de uma vez, seja ela pequena, feia, banal ou absolutamente insignificante, como diz aquela víbora da Hélène, que mal isso pode me causar?

Em sua vida, David lera e ouvira muitas declarações de amor, raramente uma tão bela. Era por isso que não conseguia mais controlar a situação! Por uma razão sem precedentes no que dizia respeito a Claudio, algo absolutamente simples e banal: ele amava Laura.

E pensar que fora ele, David May, que a levara até ele! Na época, nem de longe imaginava que algo pudesse acontecer entre seu talentoso tenor e a "irmã mais nova".

As palavras de Germont, pai de Alfredo, voltaram-lhe à mente:

> *Generosa, ó generosa,*
> *Deveis viver feliz.*

Havia sido a generosidade absoluta da pequena que, assim como a de Violetta, conquistara Claudio. E, se ele perdera o juízo, como afirmava Hélène, então David também estava perdendo o seu, pois acabava de comparar Laura à heroína de *La Traviata*.

Aproximou-se do cantor e pôs a mão em seu ombro. Até aquele momento, recusara-se a lhe revelar seus pensamentos: perigosos demais! Hoje, não se sentia mais nesse direito. A generosidade devia ser contagiosa.

– Concordo com Maria, Laura o ama, percebi isso há muito tempo. E acho que, se partiu, foi porque nem sequer por um instante conseguiu imaginar que você pudesse amá-la também.

– Mundos diferentes? – perguntou Claudio, dolorosamente.

– Digamos que você devia parecer... alto demais para ela.

– Mas que estupidez! – inflamou-se Claudio. – E se eu lhe dissesse que sou eu que não a merece? Droga, como fazer com que ela saiba disso?

Ele riu.

– De toda forma não posso colocar um anúncio no jornal: "Correção: não é Hélène Reigner que Claudio ama, mas Laura Vincent."

David tentou rir também. Depois voltou a ficar sério.

– Tudo que Laura fez, tudo que ela sacrificou, foi para que você pudesse ser Alfredo. Então não a decepcione. Convença Hélène a retomar os ensaios. Talvez seja sua única chance de reencontrá-la. Ela não resistirá ao desejo de ir... admirar sua obra.

– Você acha? – perguntou Claudio, com uma voz frágil. – Acha que ela irá?

A voz dele ganhou vida:

– Sabe o que ela me prometeu em Nova York? Que assistiria à estreia se eu perdoasse meu pai.

Riu novamente, um riso menos triste.

– Muito bem, apresentarei minhas desculpas à diva, se é o que ela espera. Você me leva até lá?

– Quando quiser – respondeu David.

– O tempo de eu me arrumar e fazer uma cara de arrependido – decidiu Claudio, dirigindo-se à porta.

Quando ia saindo, parou e se voltou para o agente, com um sorriso quase tímido.

– A propósito, acho que não lhe contei, mas, em Nova York, no Sr. Pierre, fiz amor com a pequena. Foi ótimo. Contei a Hélène e acho que foi isso que ela não engoliu.

Saiu da sala.

David deixou-se cair numa poltrona.

"Fiz amor com a pequena..."

Tudo se explicava: aquele novo tom na voz de Claudio, aquele fogo e aquela dor. Agora que padecia de amor, podia finalmente cantá-lo.

Finalmente?

38

JUNHO CHEGARA.

O primeiro ensaio com a orquestra fora realizado.

Os escolhidos foram a orquestra de Paris e seus coros. Escutando-os, David julgara que Verdi seria bem servido.

O compositor escrevera a música de *La Traviata* desejando que fosse dada prioridade aos sentimentos: amor, paixão, generosidade, raiva, ciúme. Sua obra devia traduzir a vida de seus faustos e de suas misérias, sua felicidade e seu sofrimento. Tudo isso se ouvira naquela tarde no teatro dos Champs-Élysées, e David lembrara-se das palavras de um grande violinista: "Quando choro e faço a plateia chorar é porque toquei na carne da vida."

Em seguida houve o ensaio com figurinos, já com os cenários da ópera.

O diretor desejara que estes fossem da época em que Alexandre Dumas Filho escrevera *A dama das camélias*. Para que tentar "bancar o moderno"? O amor não é sempre de época? Sempre novo para aqueles que o vivem, seja ontem, seja hoje?

Esperava-se agora o ensaio pré-geral e, dois dias depois, pelo geral, ao qual compareceriam personalidades, celebridades e alguns jornalistas escolhidos a dedo.

E, enfim, a estreia, com o público.

Laura viria?

Claudio ligara para Fernand Vincent para lhe pedir um novo favor: quando sua filha telefonasse, poderia lhe dizer que contava com sua presença na estreia de *La Traviata*, no teatro dos Champs-Élysées, no sábado, 10 de junho? Um ingresso a esperava na bilheteria.

O padeiro aceitou transmitir a mensagem, mas Claudio julgou sentir certa frieza em sua voz. Ou estaria imaginando?

"Ela está infeliz... o que fez com ela?", perguntara o pai de Laura quando ele o visitara em Villedoye.

Estava desesperado. Não vivia mais senão na esperança de que ela comparecesse à estreia.

Ela lhe dissera, naquele tom de garotinha contente: "E num camarote próximo à orquestra, por favor".

Num envelope separado, a ser entregue em mãos, Claudio juntara um bilhete comunicando a Laura a reconciliação com o pai. E, em italiano, para não assustar o pardal, acrescentara: *Ti amo*", e assinara "Alfredo".

Ridículo... Um bobalhão em sua primeira declaração de amor.

Mas não era de fato a primeira?

"Laura iria?", perguntava-se David com inquietude. Jamais se perdoaria se tivesse dado falsas esperanças a Claudio.

Após ele ter se desculpado com Hélène, os ensaios haviam recomeçado. Aquela "carne da vida", mencionada pelo violinista, queimava na voz dos ex-amantes, cada um exprimindo através de seu personagem o próprio sofrimento, a própria ira.

Às vezes o agente achava que estava caminhando na beira de um abismo e o menor passo em falso de um ou de outro arrastaria a todos.

Em todo caso, uma boa notícia! O olho de Claudio melhorara ainda mais: quase um décimo de acuidade visual suplementar. O Dr. Leblond falava em milagre. Seu paciente poderia se comportar à vontade no palco. Não fora Maria Callas que dissera "Se você escuta a música com os ouvidos e o coração, então você encontra os gestos"?

Era sábado, três dias para o ensaio pré-geral. Um importante canal de TV recebeu o tenor como convidado de honra no horário de maior audiência, durante o jornal da noite.

O apresentador interrogou Claudio sobre seu estado de ânimo. Na terça-feira seguinte seria seu grande retorno aos palcos. Ele não ignorava que era esperado, espreitado por alguns... A imprensa estrangeira estaria presente. De certa forma, seria a hora da verdade.

O que sentia o cantor? Emoção, felicidade, talvez um pouco de medo?

– Gratidão – respondeu simplesmente Claudio. – Por aquela que me permitiu realizar um sonho de sempre: interpretar Alfredo.

– Aquela? De quem está falando? – surpreendeu-se o apresentador.

– Ela entenderá – dissimulou o cantor.

Seu interlocutor não insistiu. Sem dúvida tratava-se de Hélène Reigner, sua parceira... O que o levou a fazer a pergunta seguinte: como Claudio via a personagem de Violetta?

Durante alguns segundos seu convidado conservou o silêncio, parecendo concentrar-se.

– Ela é o amor – respondeu por fim, com uma voz vibrante. – Não tem nada a ver com o amor de que falamos hoje, esse corpo a corpo em que o sexo é soberano. Violetta é a doação plena, a generosidade. Ela oferece tudo sem pedir nada em troca.

– Nossa! – comoveu-se o jornalista. – Seria esta a sua definição do amor? Doar tudo?

– Por que não?

– E como reconhecê-lo? Não nos arriscamos a passar despercebidos? Como ele é? – prosseguiu o jornalista, encantado com aquela paixão.

Novamente Claudio ficou em silêncio. Depois se voltou para a câmera, o semblante resoluto, como se quisesse transmitir uma mensagem a alguém.

– Uma respiração mais vasta – respondeu ele. – "Como o universo inteiro." Um fogo... não só onde você pensa. E, para falar como em determinados Lieder, a sensação de finalmente viver, de não ter vivido de verdade até então.

Seus olhos retornaram ao apresentador.

– E Alfredo morre por não ter compreendido isso a tempo.

– Mas Alfredo não morre! – exclamou seu interlocutor, desconcertado com a declaração do convidado.

– O que sabe sobre isso?

39

O QUE SABE sobre isso?
Três pessoas receberam a mensagem em cheio no coração: Maria, que chorava em seu quartinho de Neuilly; David, que acabava, além disso, de receber o céu na cabeça; e Hélène.

Ela também compreendeu por que Claudio exigira ser recebido sozinho no estúdio.

Diante de alguns milhões de pessoas, aquele louco acabara de lançar um apelo à pequena desastrada, comparando-a, que horror!, a Violetta, confiscando de certa forma Hélène de seu personagem.

Humilhada, louca de dor e raiva, ela decidiu revelar a seu parceiro aquilo que, temendo prejudicar o bom andamento dos ensaios, tivera a sensatez de esconder-lhe até aquele momento.

Em seu desejo de vingança, era ela quem iria perder o juízo.

Na segunda-feira, véspera do ensaio geral, o produtor generosamente convidou o elenco para tomar um champanhe. Todos se espremeram no tapete vermelho do saguão, iluminado pelos belos lustres verde-garrafa assinados por Lalique. Só faltava Hélène.

Ninguém a vira desde a entrevista de Claudio, comentada por todos em voz baixa e com perplexidade. Que fogo! Que impetuosidade! Mas o que ele quisera dizer exatamente com: "O que sabe sobre isso?"

Quando a cantora apareceu, num traje fulgurante, mais Valquíria do que nunca, David pressentiu o pior. Só faltava à Hélène a lança para matar.

Ela procurou Claudio com os olhos. Ao encontrá-lo, dirigiu-se a ele, sem se preocupar com os presentes.

– Eu a vi.

Compreendendo imediatamente do que se tratava, o cantor agarrou os pulsos da parceira.

– Onde?

Estava disposto a procurá-la imediatamente. Laura ouvira-o no sábado. Estava de volta, finalmente.

– Onde? Não faço a menor ideia – respondeu Hélène. – Foi na semana passada, nem lembro que dia. Ela estava saindo daquela grande loja de música, no início dos Champs-Élysées...

– E deixou-a ir embora? – gaguejou Claudio. – Você me disse que a traria para mim.

– Mudança de planos! – exclamou Hélène, com voz gelada.

Seus olhos cintilavam de ódio. David gostaria de suplicar que se calasse. Ela não percebia que estavam caindo no drama? E, como ele, todos ali sentiram: as conversas foram interrompidas, os convidados aproximaram-se da dupla e a cercaram. David tentara abrir caminho até Hélène.

Tarde demais!

– Por que fez isso? – perguntou Claudio, com a voz apagada, como ninguém jamais tinha visto.

– A pequena estava com uma companhia encantadora: um lindo rapaz. Não julguei correto incomodá-los.

Lavar a humilhação da véspera deixando brilhaŕ aos olhos de todos a loucura de Claudio; sem dúvida era esse o objetivo de Hélène ao vir lhe revelar seu encontro. Ela previra gritos, uma grande cena que teria ridicularizado o cantor.

Claudio se calou.

E, diante de seu rosto lívido, parecendo fragmentado, sem dúvida ela compreendeu seu erro, percebendo que ali ele manifestava de fato seu amor.

Desorientada, procurou o olhar de David. O silêncio era absoluto. O diretor e o produtor agora ladeavam Claudio, insólitos guarda-costas, cada um com uma taça de champanhe nas mãos.

O olhar do tenor percorreu os presentes.

– Com um rapaz? A minha Laura? – perguntou ele.

Seus ombros se contraíram e ele chorou. Lágrimas de criança que não procurou esconder. Pesados soluços de homem que ele não conseguiu reprimir.

Terceira parte

ELES

Ó alegria!
La Traviata

40

A CRÍTICA FOI unânime. Claudio foi alçado aos céus. "Uma dupla infernal" era a manchete de um jornal. Alguns diziam que, amadurecido pela experiência, Claudio jamais cantara tão bem. "Alfredo é ele", repetiam os especialistas.

Como ele devia estar feliz!

Às vezes pensava que fora um pouco graças a mim que ele realizara seu sonho. Fazia força para rir: eu estava lá na hora certa, só isso. Claudio estava maduro para passar. Eu apenas lhe abrira a porta.

Quando meu pai me contou que ele aparecera em Villedoye, eu também rira. Papai gostava muito de ironizar. "Com um motorista de quepe", acrescentara. Então fui obrigada a acreditar. Eu lhe disse que o nome do motorista era Jean-Pierre e que éramos amigos.

"Ele não estava nada bem, o seu cantor", observou papai. "Parecia sentir sua falta. Ele me pediu para avisá-la que a chave continua no lugar."

Desliguei rapidamente. Eu mal respirava. "Parecia sentir sua falta..."

A tortura da esperança me capturou entre suas garras, me dilacerou o coração, reacendeu todo o fogo e fez cintilar todas as luas.

E se...?

Se o meu Claudio realmente sentisse falta de mim? Se às vezes vislumbrasse um lago entre árvores brancas de granizo e sua mão gelada procurasse a minha?

E se eu fosse pegar a chave embaixo dos degraus da escada? Se abrisse aquela porta, penetrasse em seu salão, nem que fosse apenas para encontrar uma vez, uma única, seu olhar novinho em folha, descobrir seu rosto de dia?

A fotografia no jornal me trouxe de volta à realidade: Hélène e ele, deslumbrantes. O rosto de dia de Claudio, seu novo olhar, ardente de paixão, voltado para ela, devorando-a.

Engraçado como são as pequenas coisas que mais machucam. O suéter listrado, com gola em V, que ele usava naquela foto, eu o conhecia. Eu costumava deixá-lo arrumado na cadeira, perto de sua cama, no dia seguinte aos seus concertos: o suéter de nossos passeios. Ainda podia sentir seu cheiro: afundara várias vezes o rosto ali.

"Ele parecia não compreender por que você tinha desaparecido", papai também me dissera.

Ora, meu Deus! Porque ele nunca olharia para mim como olhava para Hélène naquela foto.

Na entrevista, ela dizia que eles se conheciam "mais do que bem".

Aquele maldita esperança! Como eu pudera duvidar um só instante de que tomara a decisão certa?

Não tive dificuldade para arranjar um emprego. Era naquela grande loja dos Champs-Élysées que eu me abastecia de CDs e notara várias vezes pequenos cartazes anunciando vagas para vendedores. Eu era qualificada. Tudo aconteceu muito depressa.

Trabalhava no setor de "música clássica". Na Agência, eu tinha de me apresentar bem-vestida. A única coisa que me pediam ali era para usar o colete vermelho com a marca da empresa.

Gostava do meu trabalho. Passeava com desenvoltura ao lado dos Lieder: Mozart, Schubert, palavras altamente sentimentais, mas que, em geral, terminavam com o abandono ou a morte. Mamãe não gostaria.

Naqueles últimos tempos, falava-se muito à minha volta de certa ópera de Verdi, que em breve seria apresentada no teatro dos Champs-Élysées, bem como do cantor que encarnaria Alfredo. Eu escutava: "É verdade que ele recuperou a visão?" "É verdade que dorme com todas elas?" "Parece que é um cafajeste."

Se soubessem que eu tinha sido sua guia!

Ontem, um cliente me perguntou quando sairia o CD da nova versão de *La Traviata*. Não soubera lhe responder. Tomara que em breve.

* * *

Imaginem um apartamento de duzentos metros quadrados no XVI *arrondissement*, repleto de belos móveis, quadros e relógios de parede. Era a minha casa.

Eu ocupava um quarto confortável com banheiro, em troca de cuidar à noite de uma velha senhora que não podia mais se locomover sozinha. Ela não era muito exigente e eu não me importava de ficar acordada à noite. Adquirira esse hábito durante os últimos meses.

Tinha direito a café da manhã e também podia guardar algumas compras na geladeira.

Os fins de semana eram livres.

Obrigada a estar de volta às oito da noite para substituir a mulher que dava o jantar à Sra. Rose Vermer, também tinha permissão para assistir à TV.

No último sábado, Claudio fora anunciado no jornal das oito. Proibi-me de assistir. A fotografia já fora o suficiente! Saí e caminhei até a exaustão. Afinal de contas, não era minha noite de folga?

Denis Maréchal trabalhava na mesma loja que eu, no setor de "lançamentos". Nem bonito nem alto, era tímido e extremamente educado. Temos quase a mesma idade.

Recentemente ele levara um fora da namorada e de certa maneira eu dera um fora no meu: éramos perfeitos um para o outro. Almoçávamos juntos quase todos os dias e às vezes saíamos para beber.

Infelizmente, Denis largaria o emprego no fim de julho. Sua família é de Granville, na Mancha. Um de seus amigos acabara de abrir uma locadora de vídeo em sua cidade e convidara-o para ajudar.

– Se quiser, levo você na mala – ele me propôs.

Seu amigo sem dúvida teria um lugar para mim e Denis possuía lá um pequeno apartamento com vista para o porto onde poderia me hospedar.

Eu não disse que não. Granville, Villedoye, era tudo parecido e eu teria o mar.

– Não se esqueça de que a cidade é conhecida por acolher bem os estropiados – observou ele, com um sorriso.

Exatamente! Lá, acidentados de todo tipo recebem auxílio para se recuperar na vida. Não é sugestivo?

Meu coração me aprontou mais uma, quando, havia poucos dias, papai me informara que Claudio ligara para ele. Tinha um ingresso reservado para mim na bilheteria do teatro dos Champs-Élysées para a estreia de *La Traviata*.

A lembrança dilacerou meu coração. Acontecera na famigerada viagem a Nova York, no "Sr. Pierre", como Claudio chamava o hotel. Revi as narinas fumegantes dos cavalos, o porteiro agaloado, um belo abacaxi na cesta de frutas, um quarto, uma cama.

Eu pedira a Claudio que perdoasse seu pai; se fizesse isso, eu me comprometeria a assistir ao seu lado à estreia de *La Traviata*.

A gente inventa todo tipo de coisa para dar asas à esperança e acaba com cara de idiota, com uma promessa a cumprir.

– Você vai? – perguntou papai.

Não pude lhe responder. Já carente, a pequena sofreu ainda mais.

E os pais se sentem de mãos atadas ao presenciar o quão intensamente as filhas estão sofrendo por amor.

Apaixonada por Claudio desde a primeira noite em Auxerre, ruminei: é para sempre. Mas se "sempre" significasse de fato acalmar tempestades, se "sempre" se limitasse a ser um som de sino nostálgico no pequeno vilarejo da lembrança, uma mágoa a embalar escutando certas canções, tudo se arranjaria.

Entretanto, para isso seria preciso que fosse unicamente meu coração a sofrer quando eu pensasse nele; em você, Claudio. E não meu corpo, no qual você deixou sua marca, um fogo inextinguível, um vazio abissal.

Nos romances favoritos da minha mãe, a heroína nunca se entregava antes do casamento.

Isso era para eu aprender!

41

QUANDO O vi, ao pé dos degraus que davam acesso à saída da loja, o único pensamento que me ocorreu foi fugir, desaparecer da face da Terra.

Tarde demais, ele vinha em minha direção. A evidência me apunhalava: ele sabe onde trabalho, estava me esperando. Como isso era possível? Ninguém sabia, nem mesmo meus pais.

– Laura!

E, quando ele segurou meu braço, caí nos seus.

– David!

A alegria e a dor se misturaram e me devoraram. Ele me apertou em seus braços para me impedir de escapar.

– Acalme-se, Laura! Acalme-se. Está tudo bem.

Quem me dera estivesse! Montei um muro de pedra, de dor, de abandono, uma muralha de proteção, senti-me abrigada e agora descobria que tudo não passava de papel celofane.

Ele me afastou, me olhou e me deu um belo sorriso de amigo.

– Precisamos conversar, Laura. Não pode ser aqui.

E descobri que "aqui", apesar do terremoto, tudo continuava como antes; a multidão que se espremia, os risonhos e os rabugentos, a vida.

Estávamos nos Champs-Élysées. Ele segurou o meu braço e o apertou. Parecia desconfiar que eu correria mais do que ele, se quisesse... O problema era que eu não tinha mais força para querer. Mas me recusei a ir a um desses palacetes dourados, onde não temos o direito de nos comportar mal, de mostrar nossos sentimentos sem ofender um maître de luvas brancas.

Estávamos nos fundos de um bistrô, numa ruela onde certa vez comi um *croque-monsieur* com Denis durante a pausa para o almoço. Não tinha muita gente, as pessoas preferem amontoar-se na varanda para respirar o cheiro dadivoso do tráfego. Uma Coca para mim, um café para David. Não vai tomar seu uísque hoje, senhor agente?

Ele continuava a me olhar com seu ar predador, feliz por ter desentocado a presa.

– Ah, Laura, você nos deixou preocupados!

Eu ri. De nervoso. E eles não me deixaram também, seu cantor e ele?

– Como me encontrou?

– Hélène. Ela a viu sair da loja. Desconfiei que trabalhasse lá. – Assumiu um tom constrangido. – O que me confirmaram.

O cavalheiro então fizera sua investigaçãozinha. Se quiser desaparecer, um bom conselho: além de emprego e de casa, mude também de identidade.

Ele pegou minhas mãos. E se eu dissesse que o contato de seu anel de sinete nos meus dedos me transmitiu felicidade?

– Por que partiu tão depressa? E sem nenhuma explicação?

O sofrimento estimulou a maldade.

– Você não me disse que Claudio não precisaria mais de mim quando voltasse a enxergar?

Na mosca! Ele deu um grande suspiro.

– Estava enganado, Laura.

Chegaram nossas bebidas. E seu gesto de girar infindavelmente a colherinha na xícara. Com seu olhar desolado sob suas lentes grossas, ele se parecia mais do que nunca com um sapo.

– David, por favor, diga-me... Como ele está? E como fez para *La Traviata*, Alfredo... Ele deve estar tão feliz!

– Ele não está feliz, Laura. Você não está mais ao seu lado.

Ri novamente.

– Que história é essa? Pare com isso.

– Não é história.

Ele hesitou, pigarreou, olhou para outro canto, depois lançou sua bomba:

– Claudio ama você, Laura.

– Não!

Gritei. Numa mesa vizinha, duas mulheres se viraram. Cena de casal? Exatamente! David não tinha o direito de falar qualquer coisa para me fazer voltar. Ninguém melhor do que ele para saber que Claudio não poderia me amar.

Ele tentou pegar novamente minha mão. Escondi-a sob a mesa.

– Sim, Laura! Ele ama você. Queria que você o tivesse escutado falar outro dia. Ele a ama... pelo que você é.

O que sou? Minha vontade era tapar os ouvidos: é muito duro. Eu não sou nada, simplesmente "a pequena".

Esvaziei meu copo; David, sua xícara. Ele ia cair na risada e me dizer que era uma piada. Tirou os óculos e limpou as lentes. Sem eles, tinha um rosto desarmado. Senti vontade de beijá-lo.

Felizmente para ele, recolocou-os depressa.

– Tente imaginar o que ele sente hoje – pediu ele. – Você lhe possibilita recuperar a visão e o proíbe de vê-la.

– É justamente por isso que ele julga me amar.

– Então lhe dê a chance de verificar: volte!

Nesse momento senti uma raiva enorme, uma raiva medrosa.

– Voltar para fazer o quê? Ajudá-lo a se orientar? Cortar o bife para ele? Arrumar suas malas? Ele é capaz de tudo isso agora. A "irmã mais nova" saiu de cena. Acabou, David.

– Julguei entender que você não foi só a "irmã" – retrucou ele.

Ruborizei. Claudio e sua maldita mania de contar suas aventuras a todo mundo.

– E daí? Ele tem com quem se consolar.

– Se fala de Hélène, saiba que ele rompeu com ela por sua causa. Viu-o na TV, sábado à noite?

Menti.

– Eu não sabia que ele ia aparecer.

– Que pena. Foi a você que ele se dirigiu.

– Para me dizer o quê?

– Volte. Estou infeliz. Não consigo viver sem você.

Segurei meu rosto nas mãos. Senti que era arrastada por uma violenta tempestade. "Ele não estava nada bem, o seu cantor", dissera meu pai. E se fosse verdade? E se Claudio me amasse?

Quando ergui os olhos, o garçom estava ali.

– Um uísque – pediu David. – Quer um também, Laura, ou prefere beber no meu copo?

– Quero um também.

O garçom se afastou. David me interpelou prontamente.

– Conheceu alguém, Laura? Hélène afirma tê-la visto... acompanhada.

Assenti. Faz bem experimentar coisas novas.

– Ele se chama Denis. Trabalhamos juntos. Não se informou sobre ele enquanto estava lá?

David corou. Cada um na sua vez. Ele pigarreou de novo. Vai me perguntar se dormirmos juntos? Porque "fazer amor" para mim acabou.

De toda forma, a resposta seria não. Ainda nos encontramos, Denis e eu, em estado de choque. E depois minhas noites eram ocupadas pela velha senhora. Sem falar que me comprometera a não receber ninguém em seu precioso apartamento. E quando me comprometo...

– Tem planos em comum com esse rapaz?

A pergunta previsível. E graciosamente formulada.

– Talvez. Ele deixará Paris em breve e me convidou para ir junto.

O semblante de David se desfigurou. Os uísques vieram bem a calhar. Ele bebeu um gole do seu, eu mastiguei um amendoim.

– Se for embora com o seu Denis, Claudio não irá se recuperar.

– Você não é obrigado a lhe contar.

Sua mão agarrou novamente a minha. Ele suplicou.

– Laura, aceite encontrá-lo. Pelo menos uma única vez. Para ouvir o que ele tem a lhe dizer. Você decidirá depois. Você queria que ele fosse feliz, não é? Ele não será, enquanto não a vir.

– Mas eu não quero, David! – gritei novamente.

– E por que não quer?

Não respondi. Minha vontade era sair correndo. Mais do que isso: queria sumir, morrer.

O olhar de David endureceu.

– Pois bem, eu sei por que – disse ele, com voz cruel. – Teme que ele fique decepcionado ao vê-la. Foi por isso que deixou a clínica antes que lhe retirassem o curativo, sem nem sequer pensar que ele ia entrar em pânico, chamar por você, sofrer. E foi exatamente o que aconteceu.

Durante três dias, ele só pronunciou o seu nome: Laura, Laura, Laura. E continua até hoje. Mas que ele definhe ou não, isso não lhe importa. Você só pensa em si mesma.

– Merda, David.

Engoli duas talagadas do meu uísque. Só penso em mim?! Eu fiz de tudo para que ele aceitasse aquele maldito transplante, sabendo que em caso de sucesso eu o perderia. Parti para Nova York, enfrentando o frio, o medo, o desgaste emocional. E depois me dividi entre o trabalho como vendedora e os cuidados a uma velha senhora. O que ele quer mais? Já não fiz o bastante?

Sim! Merda, David.

Comecei a chorar descontroladamente. Ele me estendeu um lenço: lembranças, lembranças... Nossas vizinhas mudaram de mesa. Isso sempre nos acontecia: o casal explosivo que afugentava as pessoas à sua volta.

Mas eu estava muito feliz por ele estar à minha frente. O álcool devia estar colaborando para isso.

– Tudo bem, Laura, não insisto. Mas você vai fazer pelo menos uma coisa por ele.

Imolar-me no fogo a fim de que Claudio conseguisse finalmente me esquecer?

– Assistirá à estreia de *La Traviata* depois de amanhã. Ele afirma que você lhe prometeu isso se ele se reconciliasse com o pai. Ele fez a sua parte.

Dei uma risada.

– Eu desconfiava. Ele ligou para o meu pai dizendo que um ingresso me esperava na bilheteria do teatro.

Eu iria; e no dia seguinte fugiria para bem longe para resistir à tentação.

– Você irá?

– Com uma condição.

Um sorriso iluminou o rosto do meu amigo. Ele ergueu seu copo, bateu-o no meu.

– Finalmente, um brinde àquela que conheço! Condições, ultimatos, por que a chantagem?

– E por que não? Com a condição de que prometa não contar a Claudio que esteve comigo.

Seu rosto fechou-se novamente.

– Vai ser difícil, muito difícil! Mas aceito. Quer que nos encontremos amanhã para eu lhe entregar o ingresso?

– Não, obrigado. Prefiro retirá-lo pessoalmente.

Consegui sorrir também; só porque é ele.

– E é inútil acionar seus espiões. Irei, está prometido.

Ele balançou a cabeça. E a minha começou a rodar.

– Então saiba de uma coisa, Laura. Ele cantará exclusivamente para você.

42

QUANDO AS mãos de Claudio desenhavam meu rosto, quando tomavam as medidas de meu corpo, comprimiam meus seios – "pequeninos, rijos, empinados" – e, entre suas mãos, sob seus lábios, ele parecia me fazer derreter, me rasgar como uma fruta para abrir caminho... Quando ele entrava em mim, suave e imperioso, era ao mesmo tempo rio doce e lava vulcânica...

Eu era a bela.

David tinha razão: se eu não queria que ele me visse, era para continuar bela para ele.

"Claudio ama você, Laura."

Como se ama um sonho, como se acaricia uma ilusão, agarrando-se à mão prestativa da guia.

"Deixou a clínica antes que lhe retirassem o curativo, sem nem sequer pensar que ele ia entrar em pânico, chamar por você, sofrer."

E eu? Eu não sofrera, quando, após ter recebido de Miller a garantia de que Claudio voltaria a enxergar, fugira da clínica, privando-me de descobrir a luz de seu olhar? Eu não entrara em pânico ao cortar qualquer comunicação e me precipitar no primeiro avião com destino à França, fugindo de um chamado ao qual eu não estava segura a que pudesse resistir? E todo o meu ser não clamava por ele, mais e mais?

Mas se eu tivesse comunicado minha decisão a Claudio, fraco e vulnerável como se encontrava, ele não teria sofrido ainda mais?

"Volte, Laura."

Para lhe permitir curar-se de mim? Livrar-se de suas ilusões? Voltar para ser acolhida brevemente por gratidão ou por piedade?

Eu já não fizera o suficiente ajudando-o a recuperar a visão e a realizar seu sonho de ser Alfredo? Precisava, além disso, me sabotar, me descartar para abrir espaço a outras conquistas?

"Mandei-a para o quarto dela. Por ela, ficaria a noite inteira mas não, obrigado!", assim se referira a Hélène, em Nice.

Claudio não rompera por minha causa, mas porque Hélène era muito ambiciosa. Assim como Corinne Massé.

Quantas vezes ele me dissera que nunca se prendera a mulher nenhuma, que a música ocupava todo o lugar em sua vida? Ele mesmo me apontara o caminho a seguir.

Voltar? Não, obrigado, David.

Puxa! Ele nem sequer me perguntara se eu amava Claudio! Isso era tão óbvio para ele?

Era meio-dia e meia, sexta-feira, véspera da estreia de *La Traviata*, hora do *croque-monsieur* com Denis.

– O que há com você, Laura? – perguntou ele, preocupado. – Aconteceu alguma coisa, não tente negar.

Eu me esforcei para parecer normal.

– Claro que não, tudo certo, só um pouco de cansaço, a senhora me acordou várias vezes essa noite.

– Não é a senhora, não acredito em você – insistiu ele. – Aliás, seu nariz está mexendo.

O nariz era um golpe do meu pai e eu sempre caía nessa.

– O homem que abandonei porque ele não podia me amar é Claudio Roman.

Ele ficou aturdido, os olhos esbugalhados.

– Espere – sussurrou ele. – Você está se referindo ao cantor? Aquele que...

– Claro que sim! Ele mesmo: Alfredo.

Enquanto narrava a bela e triste história da minha vida, ele segurava minha mão. Com medo de me ver escapar? Contei-lhe tudo desde o início, passando pela noite tórrida no hotel Pierre e terminando com o ingresso que me esperava na bilheteria do teatro dos Champs-Élysées, bem pertinho dali, mas que ainda não tivera coragem de ir buscar. Era idiotice, mas tinha medo de topar com a estrela. Como se Claudio não tivesse nada melhor para fazer do que me vigiar...

O *croque-monsieur* esfriava no meu prato. Pelo menos eu não chorara. Tomara a decisão de parar com as lágrimas.

– E ainda o ama?

– Sempre.

Pronto, as lágrimas! Ele apertou um pouco mais a minha mão.

– Entendo você – suspirou ele. – Sinto o mesmo com relação a Marie--Claire. Ela era boa demais para mim. Enquanto vendo meus discos, ela joga golfe e *bridge*. Como poderia dar certo? Mesmo assim, continuo amando-a, como você e o seu Claudio.

Era minha vez de apertar sua mão.

– Você vai a essa estreia?

– Eu prometi.

Ele refletiu, procurando um jeito de me ajudar. Denis é generoso, por isso gosto muito dele.

– Quer que eu vá buscar esse ingresso para você? Vou e volto num piscar de olhos. Basta me emprestar sua carteira de identidade.

Peguei-a prontamente na bolsa.

– Eu espero aqui, sem me mexer. Espero que não criem caso.

– Esqueceu meu charme irresistível?

Denis era como eu; brincava com tudo.

Antes de ir, me deu um beijo no rosto.

– Fique pensando em Granville. Está tudo certo.

Pensei nisso intensamente ao beber meu café. Denis e Granville, a razão. Claudio e Alfredo, a aventura. Exatamente como disse Alexandre Dumas Filho em *A dama das camélias*.

Naquela noite, ingresso no bolso, liguei para o meu pai.

– E aí, já foi a essa estreia? – perguntou ele.

– Ainda não. É amanhã.

Como a música e a ópera não eram realmente a praia do meu pai – o jornal que ele costuma ler nunca fala disso – conversamos sobre outras coisas: a loja, o tempo, Agathe, que estava entediada, e mamãe, de quem sinto saudade.

Lembrei-me da clínica Bel Air, da noite em que eu precisara ouvir a voz do meu pai antes daquela grande provação. Contudo, na clínica Bel Air, ao escutá-lo, eu podia ver Claudio procurar minha mão e não sabia que era feliz.

Mais tarde, fui fazer uma visita à velha senhora. Ela também tinha dificuldade para dormir. Sentei-me na beirada de sua cama e lhe pedi que contasse as histórias das fotografias que ela colecionava em sua mesinha de cabeceira. Por exemplo, a do orgulhoso rapaz de bigode junto ao qual ela passara nada menos que sessenta anos: histórias de "sempre".

Quando ela me viu chorar, acariciou meu rosto com o dorso dos dedos e isso acabou comigo.

Era um gesto que Claudio costumava fazer.

43

O ESPETÁCULO IA começar em seguida. A plateia rugia de impaciência e prazer antecipado. Num camarote próximo à orquestra, o lugar permanecia vago no assento ao lado de um homem de uns 60 anos: cabelos brancos, ombros largos, elegantemente vestido.

Ele não parava de se virar, visivelmente aguardando a chegada de alguém. Aquele era Jean Roman, que esperava por mim.

"Num camarote próximo à orquestra, por favor", eu pedira a Claudio, em Nova York.

Eu verificava na planta do teatro. Era o melhor lugar.

E o mais à vista.

Aquele ingresso continha uma armadilha: talvez naquele momento Claudio estivesse procurando vislumbrar, pelo vão da cortina, aquela cujo lugar fora reservado ao lado de seu pai.

Não me encontraria lá.

Mas eu prometera.

Uma única pessoa seria capaz de providenciar, de última hora, outro lugar: Mathilde, na Agência. Ela conhecia todas as tramoias. Liguei para ela.

– Vai ser difícil. E, caso eu consiga, há grandes chances de você ficar na galeria – avisara-me ela.

E, como ela previra, lá estava eu na galeria, na lateral. O teatro dos Champs-Élysées tem 1.901 lugares. Eu poderia ser a pequena unidade extra. Combinava comigo.

Mathilde tivera o cuidado de não me fazer nenhuma pergunta, mas aposto que o clima estava fervendo na Agência.

Vesti meus trajes de gala, os que usava quando escoltava minha estrela; sempre os mesmos desde Auxerre.

"Então optou pelo veludo?", me perguntava Claudio, enquanto sua mão acariciava o tecido azul-royal do meu bolero para me fazer gritar. E eu gritava para fazê-lo rir. Um riso verdadeiro, isto era tão raro.

Nos assentos vizinhos, um jovem casal não escondia sua felicidade por estar ali. Se eu entendera bem, a garota estudava canto e seu namorado era músico. Eram bonitos e elegantes. Pareciam apaixonados.

A sala era vermelha. Nas paredes, tapeçarias representavam cachos de uva e folhas de parreira. As luzes eram indiretas, discretas e não havia um lustre de seiscentas lâmpadas como em Nice.

As luzes se apagaram e o silêncio se instalou.

A orquestra atacou.

Era uma música triste e melancólica, a música da lembrança, da saudade. A morte rondava e o coração já se partia. Em seguida, nos últimos acordes, o pano se abriu e a festa começou.

Violetta recebia os convidados.

No salão feericamente iluminado, todos se espremiam, mulheres em longos de todas as cores, homens de terno. A música, alegre e intensa. Os coros celebrando o prazer e o vinho nas taças.

Vestindo seda branca, blusa bastante decotada, algumas camélias nos cabelos, Hélène estava esplêndida. Cumprimentava um por um acompanhada do barão Douphot, seu amante.

Eu vivo de festa e prazer.

A tradução da ópera, cantada em italiano, passava em legendas abaixo do palco. Eu já a escutara tantas vezes que parecia saber de cor as palavras.

Também sabia exatamente em que momento Alfredo apareceria e quase não conseguia respirar, só esperava por ele.

E quando ele adentrou o salão, acompanhado de seu amigo Gaston, que iria apresentá-lo à dona da casa, meu coração quase parou.

Era Claudio e era outro. A luz de seu olho recuperado conferia a seus traços algo de mais resoluto, de mais doloroso também, como se a alma, tendo finalmente encontrado passagem, queimasse seu rosto. E quando ele avançou num passo seguro, sem estender as mãos para a frente, eu só conseguia pensar que ele estava enxergando.

– Nossa, como ele está bonito! – murmurou minha vizinha ao ouvido de seu companheiro.

Melhor que isso. Voltou a ser ele mesmo, a quem vejo pela primeira vez.

Violetta riu. Gaston acabara de lhe contar que Alfredo só pensava nela. Ela estendeu-lhe uma taça de champanhe. Brindaram.

Em seguida, sem se preocupar com o barão ciumento, perante todos os convidados, Alfredo se declarara.

> *Uma vez que esses olhos vão direto ao coração,*
> *saboreemos o amor.*
> *O amor que queima os beijos.*

Sua voz também mudara, mais profunda, mais vibrante. Você que gostava de sugerir cores quando não enxergava, qual delas escolheria?

Alfredo dizia "amor", Violetta respondia "prazer". Os coros cadenciavam as palavras. Aplausos saudaram o fim do dueto.

Agora eles estavam a sós. Atrás da musselina de uma cortina, podíamos ver os convidados bebendo e dançando.

Debruçado sobre Hélène, Claudio beijava suas mãos.

> *Eu a amava sem saber,*
> *desse amor que faz palpitar*
> *o universo inteiro.*

Fechei os olhos. Em seu jardim de Neuilly, numa noite gelada, uma noite de angústia, Claudio gritara aquelas palavras. Eu era a única a ouvi-las, não sabia o que fazer para ajudá-lo; teria dado minha vida.

Uniu seus lábios aos de Violetta, que soltou uma camélia dos cabelos para lhe oferecer: a promessa de que voltaria a encontrá-lo.

Os aplausos explodiram novamente.

Os convidados se foram. Uma a uma, Violetta apagou as velas dos candelabros. Não acreditava em seu coração. Ao mesmo tempo se deslumbrava e se alarmava.

Era a primeira vez que amava, mas estava tuberculosa e sabia que tinha os dias contados. Decidira viver no luxo e em festa o tempo que lhe restava. Amar é sofrer. Trocaria seu barão por Alfredo? Quem ela escolheria?

A voz de Hélène estava admirável, ora lamento, ora revolta. Minha vizinha enxugava as lágrimas. Eu afastava as minhas.

Fora da cena, invisível, Alfredo respondia a Violetta:

Amor secreto,
amor que faz palpitar
o universo inteiro.

"Ele rompeu com ela por sua causa."

David estava louco.

Violetta escolhera o amor.

Fazia alguns meses que ela morava no campo com Alfredo. Em trajes de montaria, numa ampla varanda cheia de plantas e flores, ele cantava sua felicidade.

Longe dela, não existe alegria para mim.
Ao seu lado, sinto-me reviver.

Sabendo por Annina, criada de Violetta, que sua amada estava se arruinando para pagar o aluguel da nova casa, ele decidira ir a Paris a fim de reunir fundos.

Mas a tragédia estava a caminho. O pai de Alfredo, Germont, viera ao encontro da jovem mulher decidido a convencê-la a desistir de seu filho. A ligação de Alfredo com uma cortesã prejudicaria sua carreira e comprometeria a possibilidade de um bom casamento para sua irmã.

A voz de Germont soava sombria, forte, convicta, convincente. Era a voz de um homem de bem. O bem contra o mal. O julgamento do céu.

Violetta tentava resistir. Seria então pecado amar? Não sacrificara tudo por Alfredo? Ele era a única coisa que lhe restara.

E o que Germont respondeu?

> *Um dia, quando os desejos houverem fugido*
> *com o tempo, o tédio estará à espreita.*
> *O que acontecerá então?*

Eu sentia um enorme peso no peito. Essas palavras eram dirigidas a mim? Um dia, quando Claudio olhasse para mim e não me desejasse mais, o que seria de mim?

O pano caiu para uma mudança de cenário. Na plateia, às escuras, o público tossiu, suspirou, respirou, procurou driblar a tensão.

O rapaz passou o braço ao redor dos ombros da namorada. Consolou-a, sorrindo de suas lágrimas.

– Mas isso não é "de verdade"!

Em seu jardim, falando de Alfredo, como se fosse "de verdade", Claudio gritara: "E esse pobre idiota não vê nada!" Senti vontade de rir. Ele pegara minha mão e a colocara em seu peito: "Alfredo está presente, aprisionado."

Essa noite Claudio era prisioneiro de Alfredo.

De um sonho.

Violetta cedeu.

No baile à fantasia realizado na casa de sua amiga Flora, vestiu-se de preto e surgiu no braço de seu barão. Alfredo estava presente.

Bêbado de raiva e dor, acreditando que ela não o amava mais, ele iria humilhá-la, destruí-la diante de todos.

Mortalmente ferida, Violetta não procurou se defender. Contentou-se com estas poucas palavras:

> *Chegará o momento em que saberás*
> *como eu te amava.*

Não concordei!

"Generosa, ó generosa", dissera Germont, pai de Alfredo, quando ela cedera a seu pedido.

Não a ponto de fazer Alfredo acreditar que ela preferira o imbecil do barão!

O pano caiu sob uma chuva de aplausos. A luz voltou. Era o intervalo.

O imbecil do barão... O idiota do Alfredo... Não sei mais onde estou nem quem sou.

Bravo, Laura! Não lhe faltava mais nada: tomar-se por Violetta.

44

Deixei meu lugar, desci a escadaria de mármore, atravessei o átrio. Na porta, entregaram-me o tíquete que me permitiria voltar para o segundo ato.

Voltarei?

A noite apenas começava a cair sobre a avenida, noite suave e perfumada de junho. Sob as folhas novas das árvores, a luz dos postes espalhava um ar de confidência. Fechei os olhos e inspirei profundamente: ali era a vida, a verdadeira.

O que acontecia atrás daquelas paredes não passava de representação, de teatro, como indicavam as letras em neon no frontão do prédio, decorado com baixos-relevos, representando os deuses inventados pelos homens para tranquilizar a si mesmos e a seu destino.

Eu me deixara cair na armadilha de uma belíssima história que nada tinha a ver com a minha.

Outros espectadores haviam saído, essencialmente fumantes. Todos se extasiavam com o tenor: aquela impetuosidade, aquela juventude na interpretação, aquele algo novo que se esgueirava em sua voz.

– O senhor não o ouviu na televisão? Ele estava simplesmente incrível – observou uma mulher. – Não sabíamos mais quem falava: ele ou Alfredo.

– É que ele sempre sonhou interpretar o personagem – reforçou outra. – Ele mesmo declarou.

Alfredo ou Claudio, qual deles acabava de gritar seu amor e seu sofrimento?

"Ele não está feliz, Laura. Você não está mais ao seu lado", afirmara David.

O agente apareceu na porta do teatro. Permaneceu no alto da escadaria e, na ponta dos pés, me procurou.

Ainda que não me houvesse visto no camarote, não devia duvidar de minha presença. Eu não prometera?

Escondi-me atrás de uma árvore. Ridículo! Mas eu não tinha forças para enfrentá-lo. E, embora tivesse prometido vir, não me comprometera a ficar até o fim.

Ele entrou novamente.

Uma mão tocou meu ombro. Quase morri de susto.

– E como vai a "irmã mais nova"?

O Dr. Leblond sorria para mim atrás de seus óculos. O Dr. Miller o acompanhava. Claudio, naturalmente, os convidara: seus salvadores.

– Tudo bem – gaguejei.

Ambos estavam elegantérrimos: blazer azul-marinho, gravata grená. Seria um uniforme? Eu só os vira vestindo o do hospital: o jaleco branco. Eles me pareceram menos encantadores. Menos "eles".

– Quando penso que precisei vir até Paris para encontrá-la – observou Miller, com uma risada.

Leblond apontou o cartaz, dirigindo-me um sorriso cúmplice.

– Sem a senhorita...

A campainha tocou anunciando o fim do intervalo. Miller tomou o meu braço. Escoltada pelos dois homens, fui arrastada involuntariamente para dentro do teatro. Involuntariamente? Eles estavam sentados na plateia.

– Daqui a pouco nos encontramos? – perguntou Leblond.

Respondi baixinho:

– Acho que não.

– Então me prometa dar uma passada no meu consultório, tenho algo a lhe dizer.

Seu olhar insistia. Não prometi nada. As portas do teatro iam se fechar. Corri até a escada.

Violetta vai morrer.

O dia nascia em seu quarto, dia de Carnaval em Paris. O branco invadiu o cenário, o forro dos móveis, sua cama, sua camisola, o lenço que levava aos lábios. Seu rosto.

Violetta esperava Alfredo.

Ele estava a caminho da capital. Seu pai lhe contara a verdade: fora ele a causa do rompimento. Violetta nunca amara ninguém senão Alfredo. Sacrificou-se por aquilo que julgara ser sua felicidade. Só lhe restavam algumas horas.

Alfredo chegaria a tempo?

Revê-lo mais uma vez antes de morrer era tudo que Violetta pedia. Mas que espetáculo ele poderia lhe oferecer?

No espelho, ela mirava o rosto destruído pela doença.

Toda esperança morreu.
Adeus, belos sonhos.

A voz era dilacerante, a música triturava os corações. Aplausos entusiastas saudavam o fim do seu solo. Juntei-me a eles.

Agora, na rua, cantavam os coros de carnaval. Violetta deixou seu leito, arrastou-se até a janela.

Porém, eis que surgia a criada, a fiel Annina, portadora da boa notícia: Alfredo acabara de chegar.

Como um raio, ele irrompeu no quarto, precipitou-se para a doente, envolvendo-a com seus braços.

Ó Violetta, minha amada.

O grito, selvagem, carnal, deixou a plateia petrificada. O semblante de Claudio explodindo de dor.

Ele a conduziu ao leito, abraçou-a chamando seu nome e implorando por esperança.

Tua saúde renascerá.
Serás a luz da minha vida.
O futuro nos sorrirá.

* * *

Ele cantava, olhando ao longe. Hélène lhe respondia, os olhos cerrados.

Eu procurava a nova cor em sua voz; era a de um diamante negro extraído quente de seu peito, o do sofrimento bruto. Era a voz de todos aqueles que se recusam a ver o amor morrer.

Uma onda de emoção varreu a plateia. Ouviam-se pessoas fungando, tosses reprimidas. Ao fim do dueto, arremedos de aplausos foram interrompidos por "shhh", como se ninguém quisesse atrapalhar o clímax para o qual aquela música e aquelas vozes nos carregavam.

> *Morrer tão jovem,*
> *após ter sofrido tanto,*
> *morrer tão perto da aurora.*

Será isso a beleza? Um instante de verdade perfeita e universal diante do qual só podemos nos calar?

> *Minha vida, minha respiração,*
> *bem-amada de meu coração,*
> *nunca precisei tanto de ti.*

Nas faces de Alfredo, lágrimas corriam.

"Ele cantará exclusivamente para você", dissera David.

Violetta vivia seus últimos instantes. O médico estava presente, bem como o pai de Alfredo, que viera pedir perdão aos amantes.

E eis que a aproximação da morte oferecera a Violetta um descanso em sua dor. Ela se levantou.

Sob os olhos dos três homens de preto, paralisados, branca como uma pomba, ela deu alguns passos no quarto, parecendo que sua alma carregava seu corpo.

> *Ah, retorno à vida.*

Em seguida, caiu pronunciando sua última sentença.

Ó alegria.

Terminou.
Alfredo estava de pé. Diante da plateia, gritava:
– Violetta!
E eu sabia que era a mim que ele chamava.

45

LAURA NÃO ouvira seu chamado: ela não fora. O lugar ao lado do pai de Claudio permanecera vazio.

O ingresso havia de fato sido retirado na véspera, mas o bilhete que o acompanhava, num envelope com seu nome, não lhe fora entregue.

Ao saber disso, no início da tarde, Claudio fizera um escândalo. A funcionária não soubera o que fazer.

– Mas não apareceu nenhuma jovem, nenhuma Laura Vincent – justificara-se.

Se David não estivesse ali, o cantor certamente a teria estrangulado.

– Ela virá – afirmara o agente a Claudio. – Caso contrário, por que teria retirado o ingresso?

Antes do início do espetáculo, com o coração inquieto, ele observara a sala pelo vão da cortina, mas ela continuava ausente do camarote próximo à orquestra, no assento de dois lugares onde Jean Roman a esperava. Claudio avisara o pai de sua presença: uma maneira de tranquilizar a si mesmo, forçando o destino?

Ele esperara até o fim

Se, como afirmava David, Laura temia que ele se decepcionasse ao vê-la, sem dúvida ela só chegaria no último instante.

Durante o primeiro ato, ele conseguira conter sua ansiedade. Do palco iluminado, mal conseguia ver o público, mas cada frase de amor lhe era destinada. E quando, no segundo ato, durante a festa na casa de Flora, Alfredo é tomado pela fúria contra aquela que, julga ele, o traiu, era igualmente a Laura que ele se dirigia.

E também a si mesmo, esse imbecil, que não soubera compreender a tempo que ela o amava.

No intervalo, ele enviara David para colher notícias. Desolado, Jean Roman fora obrigado a reconhecer que não a vira.

Ela não viria mais. Claudio a perdera.

É a regra do jogo: nenhuma dor deve interromper um espetáculo. Mas, durante o último ato, Claudio não pudera contê-la. Era Laura que ele apertava apaixonadamente nos braços; Laura, a quem ele proibia morrer, partir; Laura, seu pardal que fugira para sempre. E as lágrimas haviam brotado espontaneamente.

Hélène percebera alguma coisa? Naturalmente! Aquilo não a impedira de cantar como nunca, quase sempre de olhos fechados, como se se recusasse a vê-lo dirigir-se a outra.

Ela decidira que aquela estreia seria o seu triunfo. E fora.

O triunfo de ambos.

O público, de pé, ovacionara-os durante intermináveis minutos, enquanto, com o retorno da luz, ele se sentia morrer, olhando para o lugar vazio ao lado de seu pai.

Hélène partira intempestivamente, coberta de flores de camélia, sem nem sequer cumprimentá-lo no camarim.

Um jantar estava programado nas proximidades do teatro para reunir o pai de Claudio e os dois médicos, Leblond e Miller.

Miller viera especialmente de Nova York para prestigiar seu célebre paciente.

Os três homens o aguardavam no restaurante. Quando, acompanhado de David, Claudio fez sua entrada, eles se levantaram e, junto aos demais clientes, aplaudiram.

Ele fez uma pausa.

Naquele mesmo restaurante, algumas semanas antes, confessara a seu pai que a amava. E não fora por acaso que desejara que a festa se prolongasse ali naquela noite. Como um louco, Claudio imaginara que Laura apareceria. Nem seria necessário apresentá-la, todos a conheciam.

Apertou as mãos dos presentes e ocupou seu lugar.

211

O champanhe já estava nas taças. Miller ergueu a sua.

– Ao nosso glorioso e ilustre amigo!

Mecanicamente, Claudio bebeu um gole. Leblond olhava para ele com a expressão preocupada.

– E agora, devo lhes confessar uma coisa – continuou Miller. – Esta noite fiquei caidinho de paixão. É assim que vocês dizem: "caidinho"?

– E quem é a eleita? – perguntou Jean Roman, com um sorriso crispado.

– Violetta, naturalmente. Hélène Reigner... Aquela beldade, aquela voz. Quem não sonharia salvá-la?

Falara muito alto e, nas mesas vizinhas, houve risos dissimulados. A dor aguilhoou Claudio. Ninguém ouvira seu apelo à ausente. Sua voz fracassara em exprimir o próprio sofrimento. Só tinham visto representação, fumaça.

– O que Alfredo acha disso? – perguntou Miller, voltando-se para ele. E de repente foi demais, a noite e a solidão venceram. Levantou-se.

– Perdoem-me – disse ele. – Preciso voltar para casa.

David já estava de pé; os outros fitavam-no, incrédulos. Jean Roman levantou-se também.

– Vou com você!

– Obrigado, mas está tudo bem.

Conseguiu sorrir, apertando a mão dos médicos.

– Até amanhã, se ainda estiverem aqui...

Caminhou em direção à saída, acompanhado pelo olhar dos presentes, seguido por David.

– Claudio, querido... – este suplicou.

Ao chegar ao elevador, o cantor parou.

– Fique com eles – ordenou. – Vou com Jean-Pierre. – E, diante da expressão de pânico do agente, acrescentou: – Não se preocupe, sobreviverei.

As portas da cabine se fecharam.

David voltou à mesa, em passos lentos.

– Teria sido eu a causa de sua partida? – perguntou Miller, inquieto.

– Não se preocupe, uma simples crise de cansaço – tranquilizou-o o agente com esforço.

O Dr. Leblond franzia o cenho.

– Durante o intervalo, vimos aquela moça, Laura – disse ele a David May. – Trocamos algumas palavras com ela, mas, na saída, ela desapareceu. Sabe onde podemos encontrá-la? Preciso falar com ela de qualquer jeito.

– Estiveram com ela? Ela veio? – gritou David.

Desviou então os olhos para esconder as lágrimas.

46

– Boa noite, senhor – disse Jean-Pierre.

Claudio esperou o carro desaparecer, em seguida empurrou o portão e atravessou o jardim iluminado pelos focos de luz. Ao passar, deu uma espiada furtiva na direção do pinheiro com a casinha de pássaros. Em seus sonhos de adolescente, identificando-se com Alfredo, ele salvava Violetta. Pois bem, acordado ou não, a verdade é que um sonho é um sonho e Laura se fora para sempre.

Seu celular tocou. Durante o trajeto, havia deixado cair na caixa postal. Não queria falar com ninguém, nem com eventuais admiradores, nem com sua mãe, que, doente, desistira de ir – doente? Não falaria também com o fiel David, que não deixaria de se certificar de que ele chegara bem.

Subiu lentamente os degraus da escadaria. Sobreviver... Como conseguiria sem ela? Entrou e fechou a porta atrás de si.

Subitamente seu corpo inteiro começou a tremer e ele foi obrigado a se apoiar na parede para não cair.

Elle.

O perfume emanava do salão. Sua cabeça começou a zunir. Sonhava novamente? Fechou os olhos, respirou fundo e, com o coração inundado pela esperança, adentrou a sala escura, com as mãos à frente.

O cheiro intensificou-se.

– Laura? – chamou ele.

– Estou aqui – respondeu ela.

Ele avançava em minha direção, os·olhos fechados, como se não houvesse recuperado a visão, como se jamais houvéssemos nos separado.

Fui até ele e coloquei meu ombro sob sua mão. Ele o apalpou.

– Laura?

Sem me soltar, sem abrir os olhos, levantou lentamente a outra mão na direção de meus cabelos, acariciou-os, mediu-os.

– Até os ombros, castanhos... – murmurou.

Sua mão desceu, roçou meu nariz, meus lábios, parou nas minhas pálpebras fechadas.

– Verdes? – perguntou ele, soluçando.

Em seguida abriu os braços, me aprisionou, reencontrei seu calor, me reencontrei. Nem numa ópera, nem nas palavras de um Lied: somente a pequena e seu gigante.

E, ao mesmo tempo que uma dilacerante felicidade me invadia, eu sentia vontade de chorar, de pedir socorro, de rir novamente.

Em Verdi, Mozart, Schubert e os outros, tudo era tão mais fácil! Um dos amantes morria, o outro podia pranteá-lo tranquilamente, tecer-lhe coroas de flores, amá-lo para sempre. Ao passo que para nós, para você e eu, meu amor, a história mal começava, nos expondo a ver as camélias murcharem e as lágrimas secarem.

– Laura, Laura – ele não parava de repetir o meu nome. Eu fazia o mesmo com o seu. Não sei se ele ouvia: minha boca batia na altura do seu coração.

Ela estava de fato ali! Ela voltara e a felicidade incendiava seu corpo e sua alma; e ele a apertava com todas as forças, com medo que lhe escapasse de novo. Teria ficado assim a vida inteira.

Foi ela quem se afastou primeiro. Desvencilhou-se de seus braços, ele teve medo, abriu os olhos. Foi então que ela acendeu o grande lustre, que os mergulhou na luz.

Ela ficou então ali, de pé no centro do salão, no abismo de sua vida, no coração de seu coração, desafiando-o com a expressão feroz, a de um passarinho na mira do caçador, cansado demais para retomar seu voo, resignado a morrer.

Era o rosto dela.

Uma altiva e orgulhosa mulherzinha sem maquiagem, sem joias, sem adornos, uma pequena mulher de pele dourada e olhos de fogo, ao mesmo tempo sofridos e alegres, inquietos e carinhosos, olhos de todas as cores do arco-íris quando as lágrimas ali brotaram.

A bela das belas. A que ele amava.

O príncipe abriu os braços para a princesa finalmente recuperada. Ergueu-a do chão – a vantagem de ser pequena –, e carregou-a para o seu reino.

> *Nos degraus do palácio,*
> *nos degraus do palácio,*
> *há uma belíssima mulher...*

Depositou-a perto da cama, retirou seu bolero de veludo, sua saia, sua blusa de seda e o restante. Demorando-se para descobrir tudo, saborear, sem deixar passar nada, sem nada lhe poupar e, enquanto a olhasse assim, ela seria bela.

Após ter se despido, beijou-a, acariciou-a, penetrou-a, invadiu-a, transbordou-a.

> *E seremos felizes,*
> *e seremos felizes,*
> *até o fim do mundo...*

Assim terminava o refrão com o qual, em nossa infância, às vezes sonhávamos, Agathe e eu, dançando como rainhas.

Quanto a "até o fim do mundo", veríamos.

Viveriam uma bela e comovente história repleta de canções. Uma história de exaltação e desvario, de temporais e ventos amenos, com a sensação de serem os primeiros a vivê-la.

Uma história de amor pura e singela.

CONHEÇA OUTROS TÍTULOS DA EDITORA ARQUEIRO

Uma longa jornada
Nicholas Sparks

Aos 91 anos, com problemas de saúde e sozinho no mundo, Ira Levinson sofre um terrível acidente de carro. Enquanto luta para se manter consciente, a imagem de Ruth, sua amada esposa que morreu há nove anos, surge diante dele.

Mesmo sabendo que é impossível que ela esteja ali, Ira se agarra a isso e relembra diversos momentos de sua longa vida em comum: o dia em que se conheceram, o casamento, o amor dela pela arte, os dias sombrios da Segunda Guerra Mundial e seus efeitos sobre eles e suas famílias.

Perto dali, Sophia Danko, uma jovem estudante de história da arte, acompanha a melhor amiga a um rodeio. Lá, é assediada pelo ex--namorado e acaba sendo salva por Luke Collins, o caubói que acabou de vencer a competição.

Ele e Sophia começam a conversar e logo percebem como é fácil estarem juntos. Luke é completamente diferente dos rapazes privilegiados da faculdade. Ele não mede esforços para ajudar a mãe e salvar a fazenda da família. Aos poucos, Sophia começa a descobrir um novo mundo e percebe que Luke talvez tenha o poder de reescrever o futuro que ela havia planejado. Isso se o terrível segredo que ele guarda não puser tudo a perder.

Ira e Ruth. Luke e Sophia. Dois casais de gerações diferentes que o destino cuidará de unir, mostrando que, para além do desespero, da dificuldade e da morte, a força do amor sempre nos guia nesta longa jornada que é a vida.

O guardião
Nicholas Sparks

Quarenta dias após a morte de seu marido, Julie Barenson recebe uma encomenda deixada por ele. Dentro da caixa, encontra um filhote de cachorro dinamarquês e um bilhete no qual Jim promete que sempre cuidará dela.

Quatro anos mais tarde, Julie já não pode depender apenas da companhia do fiel Singer, o filhotinho que se tornou um cachorro enorme e estabanado.

Depois de tanto sofrimento, ela enfim está pronta para voltar a amar, mas seus primeiros encontros não são nada promissores. Até que surge Richard Franklin, um belo e sofisticado engenheiro que a trata como uma rainha.

Julie está animada como havia muito tempo não se sentia, mas, por alguma razão, não consegue compartilhar isso com Mike Harris, seu melhor amigo. Ele, por sua vez, é incapaz de esconder o ciúme que sente dela.

Quando percebe que seu desconforto diante de Mike é causado por um sentimento mais forte que amizade, Julie se vê dividida entre esses dois homens. Ela tem que tomar uma decisão. Só não pode imaginar que, em vez de lhe trazer felicidade, essa escolha colocará sua vida em perigo.

O guardião contém tudo o que os leitores esperam de um romance de Nicholas Sparks, mas desta vez ele se reinventa e acrescenta um novo ingrediente à trama: páginas e mais páginas de muito suspense.

O duque e eu
Julia Quinn
(Os Bridgertons 1)

Simon Basset, o irresistível duque de Hastings, acaba de retornar a Londres depois de seis anos viajando pelo mundo. Rico, bonito e solteiro, ele é um prato cheio para as mães da alta sociedade, que só pensam em arrumar um bom partido para suas filhas.

Simon, porém, tem o firme propósito de nunca se casar. Assim, para se livrar das garras dessas mulheres, precisa de um plano infalível.

É quando entra em cena Daphne Bridgerton, a irmã mais nova de seu melhor amigo. Apesar de espirituosa e dona de uma personalidade marcante, todos os homens que se interessam por ela são velhos demais, pouco inteligentes ou destituídos de qualquer tipo de charme. E os que têm potencial para ser bons maridos só a veem como uma boa amiga.

A ideia de Simon é fingir que a corteja. Dessa forma, de uma tacada só, ele conseguirá afastar as jovens obcecadas por um marido e atrairá vários pretendentes para Daphne. Afinal, se um duque está interessado nela, a jovem deve ter mais atrativos do que aparenta.

Mas, à medida que a farsa dos dois se desenrola, o sorriso malicioso e os olhos cheios de desejo de Simon tornam cada vez mais difícil para Daphne lembrar que tudo não passa de fingimento. Agora ela precisa fazer o impossível para não se apaixonar por esse conquistador inveterado que tem aversão a tudo o que ela mais quer na vida.

Primeiro dos oito livros da série *Os Bridgertons*, *O duque e eu* é uma bela história sobre o poder do amor, contada com o senso de humor afiado e a sensibilidade que são marcas registradas de Julia Quinn, autora com 8 milhões de exemplares vendidos.

O visconde que me amava
Julia Quinn
(Os Bridgertons 2)

A temporada de bailes e festas de 1814 acaba de começar em Londres. Como de costume, as mães ambiciosas já estão ávidas por encontrar um marido adequado para suas filhas. Ao que tudo indica, o solteiro mais cobiçado do ano será Anthony Bridgerton, um visconde charmoso, elegante e muito rico que, contrariando as probabilidades, resolve dar um basta na rotina de libertino e arranjar uma noiva.

Logo ele decide que Edwina Sheffield, a debutante mais linda da estação, é a candidata ideal. Mas, para levá-la ao altar, primeiro terá que convencer Kate, a irmã mais velha da jovem, de que merece se casar com ela.

Não será uma tarefa fácil, porque Kate não acredita que ex-libertinos possam se transformar em bons maridos e não deixará Edwina cair nas garras dele.

Enquanto faz de tudo para afastá-lo da irmã, Kate descobre que o visconde devasso é também um homem honesto e gentil. Ao mesmo tempo, Anthony começa a sonhar com ela, apesar de achá-la a criatura mais intrometida e irritante que já pisou nos salões de Londres. Aos poucos, os dois percebem que essa centelha de desejo pode ser mais do que uma simples atração.

Considerada a Jane Austen contemporânea, Julia Quinn mantém, neste segundo livro da série *Os Bridgertons*, o senso de humor e a capacidade de despertar emoções que lhe permitem construir personagens carismáticos e histórias inesquecíveis.

O inferno de Gabriel
Sylvain Reynard

Enigmático e sedutor, Gabriel Emerson é um renomado especialista em Dante. Durante o dia assume a fachada de um rigoroso professor universitário, mas à noite se entrega a uma desinibida vida de prazeres sem limites.

O que ninguém sabe é que tanto sua máscara de frieza quanto sua extrema sensualidade na verdade escondem uma alma atormentada pelas feridas do passado. Gabriel se tortura pelos erros que cometeu e acredita que para ele não há mais nenhuma esperança ou chance de se redimir dos pecados.

Julia Mitchell é uma jovem doce e inocente que luta para superar os traumas de uma infância difícil, marcada pela negligência dos pais. Quando vai fazer mestrado na Universidade de Toronto, ela sabe que reencontrará alguém importante – um homem que viu apenas uma vez, mas que nunca conseguiu esquecer.

Assim que põe os olhos em Julia, Gabriel é tomado por uma estranha sensação de familiaridade, embora não saiba dizer por quê. A inexplicável e profunda conexão que existe entre eles deixa o professor numa situação delicada, que colocará sua carreira em risco e o obrigará a enfrentar os fantasmas dos quais sempre tentou fugir.

Primeiro livro de uma trilogia, *O inferno de Gabriel* explora com brilhantismo a sensualidade de uma paixão proibida. É a história envolvente de dois amantes lutando para superar seus infernos pessoais e enfim viver a redenção que só o verdadeiro amor torna possível.

O julgamento de Gabriel
Sylvain Reynard

Gabriel Emerson e Julia Mitchell se conheceram há muito tempo, quando ela ainda era adolescente, numa noite mágica e confusa. Mas, apesar de todo o sentimento que nascera entre eles, no dia seguinte seus caminhos se separaram.

Anos depois eles se reencontraram quando Julia começou o mestrado na Universidade de Toronto. Gabriel era um professor enigmático, sedutor e muito arrogante que a atormentava e perseguia. No entanto, o que mais fazia Julia sofrer era ele não se lembrar dela.

Mas nem mesmo o insensível Gabriel é capaz de resistir à profunda conexão que existe entre eles e logo os dois embarcam numa tórrida paixão proibida. Com o fim do semestre e do curso ministrado por Gabriel, eles deixam de ser professor e aluna e enfim estão livres para viver seu amor. Ou pelo menos era o que pensavam.

Após uma viagem romântica para a Itália, durante a qual Gabriel ensina a Julia todos os mistérios do prazer e, em troca, aprende com ela o significado do amor verdadeiro, os dois veem seus sonhos ameaçados.

Duas denúncias junto ao Comitê Disciplinar da Universidade põem em risco o emprego de Gabriel e a carreira brilhante e promissora de Julia. Será que o professor vai ceder às ameaças ou irá lutar até o fim por sua amada? Será que essa paixão conseguirá resistir a um julgamento implacável?

Na apaixonante sequência de *O inferno de Gabriel*, Sylvain Reynard constrói uma bela história de amor, da qual os leitores jamais se esquecerão.

CONHEÇA OUTROS TÍTULOS DA EDITORA ARQUEIRO

Queda de gigantes e *Inverno do mundo*, de Ken Follett

Não conte a ninguém, Desaparecido para sempre, Confie em mim, Cilada e *Fique comigo*, de Harlan Coben

A cabana e *A travessia*, de William P. Young

A farsa, A vingança e *A traição*, de Christopher Reich

Água para elefantes, de Sara Gruen

Inferno, O símbolo perdido, O Código Da Vinci, Anjos e demônios, Ponto de impacto e *Fortaleza digital*, de Dan Brown

Uma Longa Jornada, O melhor de mim, O guardião, Uma curva na estrada, O casamento e *À primeira vista*, de Nicholas Sparks

Julieta, de Anne Fortier

O guardião de memórias, de Kim Edwards

O guia do mochileiro das galáxias; O restaurante no fim do universo; A vida, o universo e tudo mais; Até mais, e obrigado pelos peixes! e *Praticamente inofensiva*, de Douglas Adams

O nome do vento e *O temor do sábio*, de Patrick Rothfuss

A passagem e *Os doze*, de Justin Cronin

A revolta de Atlas, de Ayn Rand

A conspiração franciscana, de John Sack

INFORMAÇÕES SOBRE OS
PRÓXIMOS LANÇAMENTOS

Para saber mais sobre os títulos e autores
da EDITORA ARQUEIRO,
visite o site www.editoraarqueiro.com.br,
curta a página facebook.com/editora.arqueiro
e siga @editoraarqueiro no Twitter.
Além de informações sobre os próximos lançamentos,
você terá acesso a conteúdos exclusivos e poderá participar
de promoções e sorteios.

Se quiser receber informações por e-mail,
basta cadastrar-se diretamente no nosso site
ou enviar uma mensagem para
atendimento@editoraarqueiro.com.br

 www.editoraarqueiro.com.br

 facebook.com/editora.arqueiro

 twitter: @editoraarqueiro

Editora Arqueiro
Rua Funchal, 538 – conjuntos 52 e 54 – Vila Olímpia
04551-060 – São Paulo – SP
Tel.: (11) 3868-4492 – Fax: (11) 3862-5818
E-mail: atendimento@editoraarqueiro.com.br